清醒的头脑依然是

这个时代的稀缺品

牛皮明明
作品

中国出版集团 现代出版社

图书在版编目（CIP）数据

清醒的头脑依然是这个时代的稀缺品 / 牛皮明明著 . -- 北京：
现代出版社，2020.11

ISBN 978-7-5143-8874-9

Ⅰ . ①清… Ⅱ . ①牛… Ⅲ . ①随笔—作品集—中国—当代
Ⅳ . ① I267.1

中国版本图书馆 CIP 数据核字 (2020) 第 218938 号

清醒的头脑依然是这个时代的稀缺品

著　　者：牛皮明明
责任编辑：张　霆　袁子茵
出版发行：现代出版社
通信地址：北京市安定门外安华里 504 号
邮政编码：100011
电　　话：010-64267325　64245264（兼传真）
网　　址：www.1980xd.com
电子邮箱：xiandai@vip.sina.com
印　　刷：三河市宏盛印务有限公司

开　　本：880mm×1230mm　1/32
印　　张：9　　　　　　　　　字　　数：183 千
版　　次：2020 年 11 月第 1 版　　印　　次：2020 年 11 月第 1 次印刷
书　　号：ISBN 978-7-5143-8874-9
定　　价：45.00 元

与过去的自己告别

我少年时喜欢和父亲争辩，当他从电视或者报纸上获取某些只言片语的信息，并反复在餐桌上兜售他的二手信息时，我下意识对这种信息充满拒绝。当然，我也没有足够的理论来佐证我的怀疑。

但这却坚固了我的性格。我对很多大众认可的东西，约定俗成的东西都充满质疑——社会流行的情绪，还有人们口口相传的"理论"。于是在身体里，便有两个我在争斗，一个是反抗的，一个是接受的。这样的状态，过去我以为是一个年龄段的心理反应，直到现在，我才清晰地知道，这是我一生的宿命。

我注定将走在一个思辨的途中，一次次对自己质疑，进而打碎、打翻在地，然后才有新的我诞生。想起故我、今我，其实并不是一个人。这让我觉得人生很刺激，一直在做一种智识上的挑战。这种挑战也许不能给我一种现实的回馈，但给予我人生无处不在的风险，让我每日都处于过山车的极致体验中。

上一秒坚信的智识，下一秒就被推翻，这需要一些勇气。要与过去的自我进行清算，要与之战斗，这还需要一些诚实。只有诚实的人才是有福的，因为他的脑袋里，还可以因为自己的愚蠢而装得下其他的真知灼见。

勇敢依然是一个优秀的品质。勇敢不仅仅是与自然环境的战斗，还有与自己的搏杀，犹如看似风平浪静的湖面，时刻暗藏着凶险和危机四伏。敢于在内心与自己战斗的人，才能称之为强大。一个不敢与自己清算的人，则是智识上的懒蛋和懦夫。很遗憾，我们生活里，常是这样的人。

这本书的写作，几乎是与自己决斗的过程。它呈现了过去三年时间，我与自己全部的搏斗，最后通过决斗与撕裂，得出一些对社会现实的思考。我们都渴望一个美好的未来，那么这本书，正是这样一个渴望的过程。当我随手写下一篇文章时，这篇文章所讲述的世界，我都不再回过头来，去重新经历，这是一个与自己告别的过程。

那么现在，希望过去一次次与自己艰辛作战的过程，一次次与自己苦苦告别的过程，能够给予您一些好的启示；能够给予您新的智识启迪，让您在充满荆棘的智慧旅途，能够坚毅、勇敢、诚实，并试图去做出一些改变。

CONTENTS

目录

所谓君子

真正的优秀，是看到别人的优秀

越是优秀的人，越能看到别人的优秀。

—

有则新闻上了热搜。

事情是这样的：浙江天台县三名考生的高考志愿被篡改，警方调查后发现，作案者是三人的好友陈某。

令人吃惊的是陈某的作案动机，因为他只考了300多分，看到其他三人成绩出色，他便篡改他们的志愿。

陈某这种行为，本质上就是见不得别人好，不承认别人的优秀。生活中这样的人其实不在少数，在他们眼里，不管什么事、什么东西，只要别人有而自己没有，就酸不拉几说些风凉话。为了自我感觉良好，永远都在习惯性否定别人的努力。他们永远看不到别人的优秀，更不愿承认他人的优秀。

所以，我特别喜欢李嘉诚的一段话：

当你接触的人越多、层面越高时，就会发现一个事情：越是低劣、缺品行的人，越见不得别人好，喜欢互相踩踏，互相拆台；而越是品行好、有教养的人，越能看到别人的优秀，懂得互相支持。

二

2019年春节档，有三部国产片同日上映，分别是郭帆的《流浪地球》、韩寒的《飞驰人生》和宁浩的《疯狂的外星人》。

同档期上映，本为竞争对手，观众原以为会看到互撕互踩，不想这三部电影的导演却搞起了"商业互吹"：

宁浩夸《流浪地球》："地球看了，牛！满工活儿，情感也重……"

郭帆夸《疯狂的外星人》："我刚看完外星人，笑岔气了给我……"

韩寒赞《流浪地球》："零点场我就买票去看了，宏大浪漫，国产硬科幻的元年，中国科幻电影的里程碑。"

更让人想不到的是，《流浪地球》拍摄过程中，剧组经费紧张，宁浩不仅免费把《疯狂的外星人》的太空服道具借给《流浪地球》剧组，甚至亲自出镜，客串《流浪地球》中的角色。

《绣春刀》导演路阳和《无名之辈》导演饶晓志，也一齐客串了《流浪地球》中的角色。

这不得不让人感慨：他们是同一行业的竞争对手，却如此惺惺相惜，彼此欣赏，相互支持鼓励，最终齐力向前。

其实在上一个时代，中国导演同样是这样。

李安不止一次在公开场合夸王家卫："在我这辈导演里，真正的天才是王家卫。"面对比他小一辈的姜文时，他同样坦诚夸赞："姜文的才气远高于我。"

贾樟柯读大学时就崇拜侯孝贤，后来，他的《山河故人》和侯孝贤的《聂隐娘》同时入围戛纳电影节，同场竞争角逐，侯孝贤获奖后特意鼓励贾樟柯："加油啊，我都做多久了，你一定做得比我好！"

前辈提携后辈，同行互相欣赏。所以，中国电影那些年能拿那么多奖，其实就是离不开承认同行优秀。

在这些电影人身上，我也看到了一点：

> 认知层次越高的人，越深谙合作共赢之道，彼此欣赏学习，互相成就，共同发展，他们的人际关系是种共生关系。反而是那些认知层次越低的人，越把周围的人当成竞争关系，互相拆台，恶性竞争，最终陷入恶性死循环。这就是人与人之间的本质区别。

三

不只是个人，企业同样是这样。

在20世纪70年代的美国新闻界，《华盛顿邮报》与《华盛顿明星新闻报》是竞争最激烈的死对头。

1972年，"水门事件"被《华盛顿邮报》报道后，总统尼克松为了表示威慑，明确说明只接受《华盛顿明星新闻报》的独家采访，并将《华盛顿邮报》的记者赶出了白宫。

就在这时，《华盛顿明星新闻报》却发表了一篇大大出乎白宫意料的声明：它不会作为白宫泄愤的工具来反对自己的竞争者，如果《华盛顿邮报》的记者不能进入白宫，他们也将停止采访。

这种尊重，这样互相欣赏的竞争，40多年后说起来仍让人神往。

在日本，著名的三洋电器公司的创始人井植，在向客人介绍自己企业的同时，总要带着尊重的口气，花几乎相同的时间来介绍同行业的强劲对手：索尼、松下、夏普电器……

或许就是这种尊重，才使日本电器能以一种集团的态势傲然纵横于世界市场。

经济学作者吴晓波说过："如果说，你是一枚硬币的这面，那么对手就是硬币的另一面。"

因此，尊重对手，其实就是尊重自己。对企业家来说，什么时候学会了尊重对手，看到对手的优秀，这才是真正地走进了现代经济的殿堂。

四

前段时间，大家都在聊罗永浩。

我不是罗永浩的"粉丝"，却一直对他有好感。他是个理想主义者，同时也是一个非常讲究原则的人，他不会因为利益的争执而跟朋友翻脸，却能为一个小原则而跟朋友绝交。我唯一反感他的一点是：他总不肯承认别人的优秀。

曾有人给罗永浩的演讲做过统计，在这些演讲中，他炮轰嘲讽过的企业不下5家。在他的演讲中，他讽刺苹果是"一家巨型乡镇企业"，吐槽小米"耍猴儿似的抢购"，嘲讽魅族是"土包子企业"……只要是做手机的，他基本都要喷一遍。

而对于自己做的锤子手机，罗永浩用的词是"超越""秒杀"，甚至说是"东半球最好的手机"。

可罗永浩自己熬了这么多年，终究没能熬来春天。2019年1月，锤子科技终于停摆，卖给了字节跳动公司。

反观任正非，在民族情绪高涨，大家都在说"抵制美国"时，他却说了一句"我的家人还在用苹果手机。苹果的生态很好，家人出国，我还送他们苹果电脑"。这句话让大家都哑了。5月，他在接受采访时又说："苹果是世界上最伟大的领袖，没有苹果，就没有移动互联化。"

这些话，在私人场合讲可以理解，但在公共场合讲出来需要勇气。尤其在这种时候，利用民族情绪，对华为来说无疑是一件好事，但任正非不裹挟民众。

因为任正非知道，不承认对手的优秀，导致的结果就是大家都不重视科技的力量。只有承认技术的悬殊，才有进步，只有承认别人的优秀，自己才能成长。

罗永浩和任正非的差距就体现在格局上。作为一个演讲家，罗永浩无疑是成功的，可作为一个企业家，罗永浩还有差距。

其实，有些企业不是"死"在技术上，不是"死"在资本上，恰恰是"死"在了不懂得尊重、欣赏对手上。

懂得向对手与敌人致敬，懂得向比自己优秀的人让步和学习，才是真正的强者。有时候，我们不是输给了伟大的对手，而是输给了渺小的自己。

五

对于一个国家来说也一样，承认别人优秀，也是表明自己在进步。

前段时间，"在日本发现的小细节"这一话题上了热搜，讲的是在日本旅游时发现的各种贴心小细节，其中不少让人感到有趣和惊喜。

这些小细节被人整理发布到网上后，却有不少人嗤之以鼻。

关于日本，有些话挺对的，每个国家都有自己的优秀文化，这些都是值得学习和借鉴的地方，不能因为一个国家历史上犯过错，而全盘否定一个国家。

高晓松曾在节目中提到过，自己去东京参加富士音乐节，活动结束时让他感到非常震撼，十万人退场后，地上竟然没有一点垃圾。每个人都拿一个垃圾袋，把垃圾分类装好，然后排队去倒，一直倒到夜里两点。

马未都也去过几次日本。

他说有次在日本买咸菜，第一次看到咸菜拿竹棍插着，可以当零食吃。这个小细节让马未都很感慨：从色泽、口感到包装，一个民族竟然能把难登大雅之堂的咸菜做到极致，你还有什么不服气的呢？

还有一次，他去日本的养老院，离开时日本人出来送行，站在那儿鞠躬。车开出老远了，马未都扒着后窗往后看，日本人还在门口一个劲儿地鞠躬。

后来马未都说："我欣赏日本人做事的态度，日本人做事认真，许多事情都做得到位。日本商品之所以口碑好，是因为细节支撑其存在。"

这些文化人之所以会这么说，是因为他们不狭隘。我们确实要承认别人的优秀。

说到底，一个国家怎么样，只靠民族情绪是没用的，只靠打兴奋剂更是没用的。一个国家的优秀不是表现在，当他摔倒时，立刻爬起来拍着胸口说，我没事，我很坚强。而是他会思考，为何我会摔倒，如何能够避免下一次，不因为同样的问题再摔倒。

正视自己的弱点让人不安，肯定别人的优秀使人难堪，但值得一做。因为能看见别人的优秀，才是自己优秀的最好证明。

对于一个人来说，是善于发现别人的优点，不诋毁、不踩踏、不拆台；

对于一家企业来说，是看到同类总是持欣赏态度，彼此成就、抱团取暖；

而对于一个国家来说，则是拥有更多的包容，懂得向更优秀者学习，这才是真正的民族自信，也是真正的民族强大。

对弱者的态度，藏着你最真实的教养

对待弱者的态度，是衡量教养的一条线。

—

曾无意中看到几则新闻。

长沙某小区，女业主与六旬保洁员发生冲突，先是将水泼向保洁员，随后对着保洁员胸口猛踹三脚。物业查看监控后，发现保洁员并未违反规定，随后报警，但女业主依然表示："我当然没有过错。"

这件事最让人气愤的是女业主盛气凌人的姿态，因为自己不舒服、不愉快就对物业服务人员拳打脚踢，这样的事近年来并不少见。

2016年4月，厦门中山公园，一女子随地扔香蕉皮，环卫工人提醒"垃圾桶就在那边"，女子却将香蕉皮砸向环卫工人："我不扔，你有工作吗？"

2018年2月，一男子在列车上故意扔垃圾，被劝阻时侮辱乘务员："你干的就这活""该要饭的就得要饭"。

西安两名女士在环卫工人打扫完毕，故意将一包烟头倒在地上，并用手机拍照，环卫工人因此被罚。

…………

生活中，说自己是"现代文明人"的不少，他们中，不乏有钱、有地位、有学识的，但面对弱者时，还是暴露了骨子里缺少的一份教养和尊重。

龙应台有句话说得好：

> 一个真正有教养的人，绝不是一个没有脾气的人，只是不会把脾气发到一个比自己弱的人身上。一个人对待弱者的态度，就是你真实的教养。

二

2017年中秋节，陕西一大学的葛教授火了。

葛教授是生于1979年的研究生导师，曾在国外待过十多年，取得博士学位后被高薪聘请回国工作。

中秋节这天，葛教授驾车时被前面的垃圾清运车挡住了路，环卫工人告知正在执行作业，完毕即腾出通路。

稍等了几分钟，按捺不住的葛教授突然冲上去，按住一名女环卫工人连踢带踹，并大声嚷嚷："我挣多少钱？你挣多少钱？你挡着我挣钱了！"

葛教授的这种行为，让我想起陈道明说过的一段话：

教养和文化是两回事。有的人很有文化，但是很没教养；有的人没有太高的学历和学识，但仍然很有教养，很有分寸。教养带有某种天生的素质和一点一滴的积累。

三

梁文道有次和友人一起去参加活动，活动快开始时，门外还站着一大堆人。友人出去交涉，要求放人进来，梁文道则请前排观众一齐挪椅子，好腾出位置让其他人有地方站。

正当大家动手搬座椅时，现场保安突然用手按住站起来的观众："干什么？统统不许动，回去！回去！"场面一时变得混乱。

经理闻声而至，动气的梁文道告诉她："你的保安骂人哪！"随后，经理对着一名保安随手一指，大喝道："你！撤！"

那个被训斥的保安，低垂着头，一声不吭地出去了。

几天后，梁文道到一家餐厅吃饭，去洗手间时路过一间房门半开的包间，里面传出阵阵怒吼。

梁文道本能地走慢几步，看见房里一位喝红了脸的客人，正在痛骂一个服务生，服务生吓得缩起身子，低头不敢说话。

那一瞬间，梁文道想到了那个保安，他突然意识到，保安之所以态度生硬，是因为他们的工作就是听话。

每次执行任务，他们的方式往往就是高声叱喝越出界线的人群，甚至动手拉扯不守规矩的家伙。除此之外，他们不知道还有其他更加温和的表达方式。因为，或许他们自己平常就是被人这样对待的。

后来，梁文道在节目中说：

> 穷人与弱者的尊严，就和他们的财产一样稀缺。弱者饱遭欺凌，并不表示欺人的强者就因此得到尊严；恰恰相反，尊严与面子是人际的舞蹈，任何一个剥夺他人尊严的人，都不可能是个体面的君子。

四

听过最动人的一件真事，是一位来自内蒙古的"80后"小伙子，在北京五道口做生意，攒钱买了台宾利车，爱惜得很，连自己的朋友都舍不得借去开。

某天早晨，他开车出去，被一个骑三轮的卖菜大爷撞了，大爷不好意思地道歉，说自己有残疾，腿脚不好。大爷根本不知道这车多少钱，小伙子看大爷不像有钱人，主动说"算了吧"。

> 大爷过意不去，非从车窗里给他丢下一把小葱。于是这把还带着泥土和露水的小葱，就坐着宾利回家了。

回家后，小伙子发了朋友圈，又被朋友转发，然后这个故事由此传播开来。

我想，能靠着自己能力赚钱买宾利车的"80后"小伙子，他身上自动带着这样的标签：有钱、有能力。但最为闪光的一个标签是：有教养。

这么贵的宝贝新车被撞，谁不肉疼？

可他没有跳着脚地大叫：你瞎眼了吗？把我车撞成这样？而是主动对老人说：算了吧。

看到老大爷是个骑着三轮的残疾人，他更没有逼着老人回家取钱赔偿，甚至嘱咐老人：您下次慢点骑。

生活中，我很钦佩这种尊重弱者的人。

一个人教养的高低，不是表现在他对待上司、朋友的态度上，而是看他是否尊重"不如他"的人。一个真正有教养的人，是不会通过欺负弱者来抬高自己的。

五

在日本，有家蛋糕店生意十分火爆。

一天，店里来了个乞丐，哆嗦着对店员说："我来买蛋糕，最小的那种。"

店员看他衣衫褴褛，身上散发着难闻的气味，想赶他出去。

这时，店老板走过来，从柜子里取出一个小而精致的蛋糕，恭敬地递给乞丐，然后深鞠一躬："多谢关照，欢迎再次光临！"

乞丐惊到了，这是他之前从未有过的待遇。

事后，店老板的孙子不解地问："爷爷，您为什么对乞丐如此热情？"

店老板回答说："他是乞丐，也是顾客。他为了吃到我们的蛋糕，不惜花很长时间讨得一点点钱，实在是难得，我不亲自为他服务，怎么对得起他这份厚爱？"

孙子又问："既然如此，为什么要收他的钱呢？"

店老板笑着说："他是客人，不是来讨饭的，他今天需要的，只是一个蛋糕和一份尊重。"

这个店老板，就是日本大企业家堤义明的爷爷。堤义明后来说，当年爷爷对乞丐的举动，深深印在他的脑海里，并影响了他一生。

一个人对待生命的态度，往往反映着其内心的高度。生活中，很多人喜欢俯视、仰视、漠视、鄙视，唯难平视。其实，要做到平视不难，只需要尊重每一个人的高度，包括乞丐的高度。

六

钱锺书晚年病重住院，负责陪护的阿姨来自乡下，只有小学二年级文化。

有一次，钱锺书家里送葡萄来病房。陪护阿姨洗了一部分喂他，他一边吃，一边看着碗，吃了一小部分后，说什么也不肯再吃，坚持留下一些让阿姨吃。后来，每次不管吃什么，他都这样。

有一天，钱锺书闭眼躺着，阿姨以为他睡着了，就和查房护士小声聊了一会儿天。护士问阿姨为什么从外地来北京的医院当护工，阿姨说家里穷，正在盖房子，需要钱。

当天下午，杨绛来医院，钱锺书忽然问她要钱："我要3000块，你给我带3000块钱来。"杨绛感到奇怪："你躺医院，要钱干吗？"钱锺书顿了顿，忽然用家乡话与杨绛说起话来。

第二天，杨绛再来医院时，拿了3000块钱给阿姨。阿姨惊奇地问："干吗给我钱？"杨绛指了指钱锺书，笑道："他听说你家在盖房子，怕你缺钱，叫我拿来给你的。"

阿姨这才知道，原来那天她和护士的对话，钱先生全听见了。他想帮助阿姨，又怕当着面伤她自尊，所以才故意用家乡话和杨绛说话。

钱锺书这份体谅和尊重，阿姨一直记在心里。

后来钱锺书去世，她感慨道："我干这个的，有什么地位呀。可是钱先生每次跟我说话，极客气，十分尊重，生怕刺伤我。即使疼得要命，也忍着，生怕影响我休息。现在到哪里去找钱先生这样的人啊！"

文化的高度和灵魂的温度是成正比的，真正有文化的人，灵魂必有温度，教养对他而言是内化于心、外化于行的，钱先生这样的人，才称得上真正的文化人！

七

我一直喜欢"二战"时期的一张照片，每次凝视这张照片，都会对里面的人物肃然起敬。

那是"二战"时的英国，当时的英国国王爱德华到伦敦一个贫民窟视察，当他站在一座东倒西歪的房子门口时，没有直接进去，而是对着里面一贫如洗的老太太躬身问道："请问，我可以进来吗？"

虽然只是一句问话，但贵族的精神和教养全部包含在了里面。教养不体现在脸面上，不体现在穿着上，而是繁衍在骨髓里，流淌在血液内，一句话，一个举动，全是尊重和风度。

这些年，大家都开始讲教养，讲修为，讲境界。人前，谁都是谦谦君子，温和有礼，但有些人一转身，面对弱者时，却凶性毕露，拳打脚踢。

什么叫教养？如何衡量教养高低？我想，对待弱者的态度应该成为一条线。

我们每一个人，不管你是名流，是精英，还是普通人，面对弱者时，都不应该丢弃心中的温暖和善良，不把自己获得的得天独厚的环境与能力，用来贬低那些没有自己幸运的人，更不会因为自己手里攒着，而对那些贴地行走的穷苦人拳打脚踢。

人行走世间，想走得更远，最终靠的还是心软和尊重。

所谓君子，就是在别人看不到的地方恪守底线

衡量一个人真正的品德，是看他在知道没有人发觉的时候做些什么。

—

丁俊晖因为一个举动上了热搜。

在 2019 年 1 月 18 日举行的斯诺克大赛 1/4 决赛中，丁俊晖对战比利时选手布雷切尔。

比赛进行到第七局，丁俊晖准备开球，运杆几次后突然起身，随后走向自己的座位。

裁判不知发生了什么，一脸蒙，丁俊晖扭头向他表示："Foul（我犯规了）！"示意自己犯规了。

经过电视回放，才发现他在运杆过程中，杆头轻微触碰到了白球，但这样的触碰实在是太细微了，白球几乎纹丝不动。

从裁判的表情可以看出，他完全没有发现丁俊晖犯规，而场下

的布雷切尔更没有察觉。即使丁俊晖不说，也不会有任何问题。

　　因为丁俊晖主动承认犯规，全场观众自发为他鼓掌，掌声持续近20秒。

　　赛后，国际台联的官方推特将这条视频置顶，配上的文字是："我们酷爱我们的运动，来自丁俊晖的诚实。"许多人在下面留言："高贵的行为，顶尖的男人""为自己赢得掌声，也为自己的国家赢得了掌声"。

　　这件事虽小，我却真切地感受到了丁俊晖的修养与品格。

　　丁俊晖8岁接触台球，13岁就获得亚洲邀请赛季军，被人称为"神童"。他打球沉着冷静，并且善于思考。2014年，丁俊晖成为世界台联有史以来第十一位世界冠军，到了2018年，他又入选斯诺克名人堂，成为中国第一人。

　　成名这么多年，他很少有争议，并且为人低调，很多人说他能走到今天靠的是实力，但通过"主动承认犯规"一事，我觉得他能走这么久，靠的更是品格。

二

　　丁俊晖的行为，让我想起美国小说家勒菲斯特写的一篇文章——《钓鱼的启示》。

　　文章很简单，讲11岁的男孩儿詹姆斯和父亲一起去湖边钓鱼。

他一次次抛下杆，却毫无收获。很长时间后，男孩儿终于钓上来一条鱼，并且是条大鲈鱼。

他兴奋地准备将鱼放进鱼篓，坐在一旁的父亲看了看鱼，又看了眼手表，随后示意詹姆斯将鲈鱼放回湖里。

詹姆斯不解："这是我好不容易钓上来的，为什么要放回？"父亲告诉他："现在是晚上10点，距离开放捕捞鲈鱼的时间还有两个小时。"

詹姆斯看了眼四周，月光下，没有一个垂钓者，也没有一条船。他恳求父亲："没人知道的，就让我把鲈鱼带回家吧。"但父亲摇摇头，坚持让儿子将鲈鱼放回湖里。

34年过去，詹姆斯成了名建筑师，人生中，他遇到过无数次道德抉择，每当那时，他总会想起那晚和父亲钓鱼的经历，然后提醒自己不轻易越过内心那条"线"。

文章最后说，道德只是个简单的是与非的问题，但是实践起来很难。要是人们从小受到像把钓到的大鲈鱼放回湖中这样严格的教育的话，就会获得道德实践的勇气和力量。

三

为什么要说这两件事呢？因为生活中，像丁俊晖、詹姆斯父亲这样的人很少见。

人都有一种本性：环境越是私密，人越是真实；犯错的成本越低，人越容易出错。但人生中的很多时刻，监督着我们一举一动的，只有我们自己的良心。

曾经看过几则报道。山东淄博两男两女，为了多抓几个玩具，趁夜深无人注意，偷偷毁掉整个抓物机；又比如陕西三原的一个女孩儿，看到针灸店前拴着小猫，趁四下无人，擅自将猫抱走……

可能有人会说："这些事太常见了，没什么大不了的。"我却想起了某段时间刷屏的"花总事件"。

花总是个以酒店为家的人，有一次，他偶然发现，服务员竟然用浴巾擦拭杯子。

这个发现引起了他的好奇，于是他开始了偷拍，每次入住五星酒店，他就在卫生间放一个摄像头，偷录服务员打扫房间的情况，结果发现——

服务员用洗发水浸泡杯子，用脏浴巾擦拭杯子，用擦过马桶的海绵清洗杯子……

过去的几年，花总入住的五星酒店有几十家，这些酒店的价格一晚不低于5000元，他以酒店为家，却怎么也想不到酒店会这样对待他。

而更让我觉得可怕的是，五星级酒店尚且如此，那一般的星级酒店、快捷酒店、小旅馆，自然更加不堪。

这好像成了一个通病，越是在规则忽视的地方，在人眼看不到的地方，人性的丑陋越表现得淋漓尽致。个人如此，企业也是这样。

四

但是，我也看到了另外一些细节处人性和道德的美好。

美籍华人林达写过《历史深处的忧伤》一书，这本书讲述了一个真实的美国：美国既是世界上最自由的国家，同时也是世界最不自由的国家。

有一次，林达陪一帮中国朋友游览美国黄石公园大峡谷。朋友见没人注意，拿起可乐罐，就想扔进大峡谷："这么深的峡谷，不干点什么多可惜呀！"林达吓了一跳，赶紧制止："这是违法的。"

无独有偶，作家梁晓声也讲过一个故事。在德国夜晚的一个十字路口，一个老太太在静静地等待绿灯，而此时根本就没有车经过。坐在旁边的人不解地问："既然路上没有车，也没人看见，为什么还要死等变灯呢？"

老太太指着远处的一座楼房说："这不是安全的问题，你有没有想过，在那座楼的一扇窗户后面，说不一定有一个孩子正看着这里。我不能让孩子觉得规则可以随意被变通、被破坏，生命可以随意被蔑视。"

不知道看到这个故事，中国的五星级酒店会不会脸红？

卢梭说:"人,生而自由,却又无往不在枷锁之中,我们都想要自由,可是我们的生活却到处是枷锁,我们也离不开枷锁。"

自由的前提就是约束,而真正的修养,就是在无人注意、无人约束的时候,依然自己约束自己,坚持社会规则和内心道德原则;在能做各种坏事可能性的情况下,仍然做好事。

五

曾有人说,大学是一个国家的道义,看一个国家的素质如何,有时看高校对待一本书的态度就能知道。

1764年的一个深夜,一场大火烧毁了哈佛大学的图书馆,很多珍贵的图书毁于一旦。

第二天,学校上下得知了这场重大事故,有一名学生面色尤其凝重,突发的火灾把这名普通的学生推到了一个特殊的位置,逼迫他做出选择。

原来在这之前,他违反图书馆规则,悄悄将一位牧师捐赠的一本书带出馆外,准备优哉游哉地阅读完后再归还。

突然之间,这本书成为哈佛受赠的250本书中的唯一珍本。怎么办?是神不知鬼不觉地据为己有,还是光明磊落地承认错误?

一番激烈的思想斗争后,这位学生敲开校长办公室的门,说明理由后,郑重地将书还给学校。

哈佛校长先是收下书表示感谢，对学生主动还书予以奖励，随后指出他违反校规偷带藏书，将他开除出校。

为什么非要这么做？因为哈佛的理念是：让校规校纪看守哈佛，比用其他东西看守更安全有效。

直白点说，就是哈佛不相信在规则监督不到、人眼看不到的地方，人依然能够遵守道德，所以哈佛更相信规则。

哈佛的理念，让我想起尼采在《善恶的彼岸》中提出的"品德检验法"：

> 给自己一些考验吧。在任何人都看不见的地方，正直地活着；就算只有自己一个人的时候，也讲究礼仪地行动。只有真正做到这些后，人才真正成为一个高尚的存在。

六

要成为一个高尚的存在，除了无愧于天地，无愧于他人，更重要的是无愧于自己的心。这不是件容易事，在这方面，我最佩服的人是梅贻琦。

1962年，冷雨纷飞。老校长梅贻琦躺在病床上，他已经不能开口说话。妻子韩咏华陪在身边，学生们也都来了，大家沉默着，气氛十分压抑，只有桌上的一个手提包引人注目。

梅贻琦去世后，大家决定打开手提包，等打开一看，全都傻眼了：里面全是清华基金的账目，一笔一笔，规规矩矩，分毫不差。

清华基金是美国退还的庚子赔款中的一部分，数额巨大，由清华每任校长执掌。自1931年梅贻琦担任清华校长开始，他走到哪儿，清华基金就跟到哪儿。

抗日战争时，梅贻琦一家在西南联大，穷得喝不起青菜汤。梅夫人冒着冷雨上街卖米糕，即使这样，梅贻琦没有动一分清华基金。

到了美国，梅贻琦和夫人住在一间连单独卧室都没有的小房子里，夫人穷得去给饭店刷盘子。他觉得对不起妻子，哽咽着对妻子说："咏华，我对不起你。"即使这样，他还是没动一分清华基金。

他晚年生病住院，无力支付医药费，在这样的情况下，他依然不动清华基金。

他一生手握巨额基金，却始终是干干净净的，即使没有任何人监督，也从不做任何对不起良心的事。什么叫"君子慎独"？梅校长就叫君子慎独。

《礼记》中说："君子慎独，不欺暗室。"但真正做到的很少。因为独处时，没有眼睛看着你，没有道德审判你，你做的一切事都没有人知道，这个时候，一个人本来的面目就露出来了。

想起梅校长，我就想起南宋陆九渊的那句话："慎独即不自欺。"慎独之时，人面对的是自己，是与自己的内心赤膊相见，能做到慎独的人，是战胜了自己的人，是真正活成了人的人。

七

这几年，眼看着一个又一个社会名人在"翻车"的道路上一去不复返。

2019年人设崩塌最厉害的无疑就是吴秀波了。

从前，闪光灯下的他是"儒雅大叔""气质暖男"，谁知在闪光灯照不到的地方，他私生活混乱，再也摘不掉"渣男"的标签。

人设崩塌的事情越多，我越想起孟德斯鸠说过的一句话："衡量一个人真正的品德，是看他在知道没有人发觉的时候做些什么。"

说这么多，也无非是想告诉大家：

品德不仅体现在人前，更体现在人后，每一处细节都是一次品德的雕塑。而一个社会的文明，其实就在于社会中的每个人都恪守内心原则。

对于普通人来说，是在无人监督时不闯红灯，不偷鸡摸狗，不欺瞒，不违心；对于明星来说，是在闪光灯后不突破道德底线，不苟且，不放纵；对于企业来说，则是在背地里不应付，不乱搞，兢兢业业做好每一个细节。

只有做到了这些，一个国家才真正有希望。

锦上添花何其多，雪中送炭有几人

下雨了，才知道谁会给你送伞。遇事了，才知道谁对你真心。生活里大多数人，会锦上添花，只有很少的人，愿意雪中送炭。

—

1924年11月13日，寻常的一天，北京下起大雪。

厚厚白雪，如巨大棉被，一个穿大棉衣、裹羊毛围巾的人，快步走到前门外杨梅竹斜街，他敲开一扇窄门。

这人是郁达夫，时任北京大学讲师，亦是名动全国的大作家。三天以前，他收到一封求救信，写信的人是一个年轻人，叫沈从文。此人身无分文，正在落难，等着人去搭救自己。

郁达夫将窄门打开，小屋不足10平方米，没有火炉，阴湿发霉。这个叫沈从文的年轻人只穿一件单衣，用被子裹着两条腿缩在墙角，用红肿的手握笔写作。

郁达夫赶紧走过去，解下自己的围巾，给沈从文披上。

一年前，沈从文只身带了几本书和七元六角钱，从湘西老家来到北京。租住在杨梅竹斜街，希望靠笔杆子闯出一片天下。他只有小学文凭，没有钱，每天吃半个馒头，几片咸菜，一个人跑到京师图书馆自学和写作。

可是一年过去了，稿子写了半麻袋，投稿了几百份，还是没发表半个字，也没拿过一分钱稿费。

北京的冬天，太冷了。沈从文买不起棉衣，也买不起食物，又冷又饿。走在街上看见"招兵委员"的旗子，他走过去，那人告诉他，在这里只要按手印，把自己卖了当兵，就能领到饭钱。他快饿昏了，等到按手印的时候，最后还是下不去手，转身走了。

回家后，沈从文给北京十几个文人写信求救，希望有人搭救一把，这是他最后的希望。如果没有得到搭救，他就准备把自己卖去当兵。

那么多文人收到信，最后来的人只有郁达夫。

郁达夫赶到时，沈从文已经足足三天没吃任何东西了。

他请沈从文去饭馆吃饭，点最好的菜，自己不怎么动筷子，又怕沈从文吃太狠，噎住自己。饭后，郁达夫掏出身上仅有的一张五元票子，付了一元七角，将剩余的三元三角，全部塞给沈从文，分别时，说了一句：

　　　　我看过你的文章，写得很好，好好写下去！

　　这年沈从文22岁，这是他到北京后，第一次感到温暖。郁达夫走后，沈从文伏在桌上大哭。

　　是郁达夫的到来，一条围巾，一餐饭，三元三角钱的援助，一句"好好写下去"的鼓励，让他撑了下来，熬过最艰难、最落魄的人生低谷。

　　后来大家都知道，沈从文写出了不朽的著作《边城》，成为一代文学大家。

　　1945年，郁达夫在苏门答腊岛被日军杀害，沈从文听到这个消息，伏案哭了良久。

　　30年后，沈从文已是70多岁的老人。经历岁月，他性情淡然、温和，不怒哀于色。但只要提起郁达夫，依然会掩饰不住伤心。20世纪70年代末，郁达夫的侄女郁风拜访他，沈从文仍热泪盈眶，念叨：

　　　　那情景一辈子也不会忘记。他拿出五块钱，同我出去吃了饭，找回来的钱都送给我了。那时候的五块钱啊！如果没有他的那次造访，就不会有现在的我。

　　郁达夫一个小小的善举，改变了沈从文的一生。

　　这份情，像在暗夜送灯，雪中送炭，最温暖，也最真挚。
那些大雪中为你披上围巾的人，真的能让人铭记一辈子。

　　人生如四季，总会遇寒冬。在这个世界上，每个人在追梦途中，
有惊慌失措的时候，有失魂落魄的时候，有寸步难行的时候。这时，
不经意的雪中送炭，足以改变落难者的一生。

二

　　2011年的贵州凯里，一家小广告公司的老板，正指着一个年轻
人，骂道：

　　有才华能当饭吃吗？狗屎！

　　这个年轻人叫毕赣，他热爱电影，有抱负，也有才华。大学时，
他开始拍短片，只要出手，就会拿奖。只是这些作品，从来没有得
到商业市场认可。

　　大学毕业后，他写了个剧本，很想拍出来。但他没名气，没有
人认识他，他拉不到投资，只能去上班。他只有大专学历，找不到
好工作，只能到小广告公司上班。而他拍的东西，老板很不认可，
骂他是"狗屎"，骂完还炒了他鱿鱼。

　　失业后，年轻人回到了家。凯里是贵州很小的一个城市，一个
偏远的西部小城，一个距离理想越来越远的城市。为了生活，年轻

人在城乡接合部，开了一家婚庆摄影公司。

可他不懂经营，开了一年，公司就倒闭了。他创业惨败，梦想又落空，他绝望了，甚至想过放弃电影。身边的同学，给他推荐了一个工作，当爆破员。他试着说服自己：

安心找个工作，当个俗人吧。

2014 年，毕赣准备结婚成家，要开始扛起一个男人的责任。谈理想，谈未来，像是对自己的羞辱。饭都吃不饱，光有理想有什么用？

这年，他 26 岁，考了爆破证，准备做个爆破员。他甚至放弃了电影，放弃了梦想，选择一眼望到头，泯然于众，自我放逐的人生。

这时，一个叫丁建国的人，突然得知毕赣要去当爆破员，着急了，立即从太原飞到贵阳，然后坐车到凯里，辗转走了 2000 多千米，找到毕赣的母亲，跟她说：

不要让孩子放弃理想。他总会做出自己的事业，成为中国最好的导演。让他拍电影吧，我愿意自掏腰包。

他是毕赣大学时的老师，丁建国给毕赣资助了 10 万元。丁建国一生清贫，10 万元是他一生的全部积蓄。他把全部积蓄给了自己的学生，只为了这个年轻人对梦想的不放弃。

有了这笔资金，毕赣看到了希望。他虽然没有任何资源，但他有足够的才华。他虽然没有优良的设备，但有足够的耐心。他虽然请不起好的演员，但他有信心培养亲戚、朋友做他的演员。他请的演员，都是素人，有自己的姑父、弟弟、外公、奶奶住院时同病房的病友，还有猪饲料推销员。

就是以这样的演员阵容，毕赣花了一年时间，拍出了自己的首部长片《路边野餐》。2015年，该片在第六十八届洛迦诺国际电影节、第五十二届台湾金马奖、第三十七届法国南特三大洲电影节上，斩获7项大奖，并收到44家电影节邀请。

毕赣成为这几年电影市场最有人气的青年导演。很快得到5000万元电影投资，拍摄《地球最后的夜晚》。

为了报答恩师，毕赣请恩师丁建国做了新片的监制。如果不是他，毕赣大概还是一个在贵州凯里某个山上，摆弄着炸药，再普通不过的爆破员，大概一生也不会跟电影有任何关系。

这位老师及时的一个善意，挽救了毕赣的命运。这善意，拯救了一个年轻人的梦想。就是那10万元，让这个年轻人重新有了勇气，拿起摄影机，去追逐自己的人生。

像毕赣这样的年轻人很多，有时候他们不是没有理想，只是缺少一个上场的机会，缺少一次雪中送炭的温暖。经常听到许多人说，现在年轻人堕落，追名逐利，但是又有几个人真正聆听过和支持过年轻人的梦想呢？

老有人说现在年轻人没有孤注一掷的勇敢，没有追逐梦想的决绝。可是许多人没有看到，好多年轻人从来没有属于自己上场的机会。

年轻人就像植物，应该被灌溉。

身为前辈，当年轻人的梦想快要干枯的时候，像丁建国那样伸手去浇一瓢救命的水，可能就会彻底改变他们的命运。

锦上添花的事情从来很多，但雪中送炭的人实在太少，我们真应该感谢那些雪中送炭的人。

三

我爸有个一起长大的朋友，平时我都叫他张叔。

张叔的故事特别巧，怎么看都像演绎，可的确是真实的。

张叔，1966年的人，从小父亲早亡，家里很穷，没上过学，也没吃饱过。年龄稍微大一点，就想着怎么活下去。早年，他做泥瓦匠，砌刀又快又稳，砌出来的墙漂亮齐整。

凭着努力，张叔给家里盖了砖瓦房，又娶了妻子，生了一对子女，小日子过得美满。

结婚第六年，张叔在工地砌墙，一面两米高的墙，突然倒了，砸在他身上。他被送到医院，全身多处骨折，来来回回做了四五次手术，家里那点钱，全折腾没了。张叔术后恢复了半年，身体有所好转，但是干不了重活儿了，就到我爸他们单位当保安。老婆在当地一家制衣厂当裁缝，一个月工资几百元。

又过了十来年，张叔的女儿考上我们市里的重点高中。成绩出来那天，张叔的老婆捂着自己的左手回来的，手被机器钉坏了。她右手食指坏了，只能切除，回去后裁缝厂就不要她了。张叔的儿子比女儿小一点，快考高中时，迷恋上网，经常夜不归宿。

2002年年末，警察给张叔家里打来电话，说你儿子在网吧被打了，脑袋受伤很严重。张叔跑到医院，见儿子躺在病床，昏迷不醒。警察说，你儿子打游戏的时候跟人吵起来，几个小混混儿打了他就跑了。

张叔的儿子躺了四年，没醒来过。儿子出事以后，张叔不爱说话，也从来不笑。我爸爸单位的那些人，都不敢和他说话。有一阵子，张叔脖子不舒服，去看医生，医生说是个肿瘤，让他准备好钱，得去大医院看。

张叔哪儿还有钱给自己看病，一个人去医院看了植物人儿子，那天下着雪，他慢慢地往回走。正好在路上被我爸碰到，看张叔脸色蜡黄，眼神绝望，就跟他说：走，上我家坐坐，喝两杯。

张叔推辞，我爸就硬把他拽到家里。平日里，我爸和张叔话少，加上张叔家的事，实在是帮都帮不过来，话就更少了。我爸炒了几个菜，热了酒，拉着张叔喝酒。

我爸话少，就反复说一句：日子还得慢慢过，啥事都能过去。

后来，两个人喝醉了，坐在我家沙发上就睡着了。那个冬天，张叔的儿子醒了，女儿后来大学毕业，也可以帮衬家里，张叔也去医院治好了脖子上的肿瘤。他在我爸单位门口给老婆张罗了个杂货铺，一家人的生活，渐渐起死回生了。

时隔多年，张叔有一次到我家喝酒，告诉我爸：

> 其实那天晚上，我不想活了，农药都装在兜里，要不是你喊我喝酒，打消了我那个死的念头，这个家可能就彻底完了。

我爸也很惊讶，自己就是喊他到家喝顿热酒，没想到却救了一个家庭。

> 张叔爱来我家下棋，到了中午，外孙、孙子都喊他回家吃饭。一个说奶奶做了很多好吃的，一个说姥姥做了很多好吃的。一家人的日子，看着琐碎，但确实温情而幸福。
> 我有时候会想，人与人之间的雪中送炭，不是给多少钱，帮多大的忙。有时候就是在人心寒的时候，绝望的时候，说句温暖的话而已。

前几年，看到这样的一个故事。温州一个中年男人，因为失业，非常窘迫。他接上学的儿子回家，路上儿子看到一双喜欢的鞋子。中年男人摸遍全身，也买不起这双鞋，本来就对生活绝望，那一天他就突然崩溃，跳楼了。

我总是想，如果这时候有个人，拉住他，说一句暖心的话，他也许就不会死。

　　有时候人生中的雪中送炭，真的仅仅就是一句及时的安慰，一个及时的拥抱，就足以挽救一个脆弱的人，维持一颗满是裂痕的心，不要崩溃，挺过绝望。

四

1988年春节一过，潘石屹变卖全部家当，连睡觉的棉被也一并卖掉，辞职南下深圳。他用仅有的50元找"蛇头"带路，进深圳特区。后来，他到一个砖厂负责看管设备。厂里经常有小发电机被偷，他每次看到小偷就狂追。小偷被追得筋疲力尽，放下发电机逃跑。

1998年，34岁的马云在北京跑业务，又矮又瘦的他骑着自行车，挨家挨户推销自己的黄页，大部分人连门都不给他开。为了创业，他背着麻袋去义乌批发袜子来卖。两次创业失败，马云要离开北京，临走前那晚下了雪，他带着团队在小酒馆喝酒，唱起了《真心英雄》，抱头痛哭。

　　1999年，如果你注册了QQ，登录后有女孩子主动来聊天，那人肯定就是马化腾。

腾讯创业初期，投资人跟马化腾说，QQ用户要是少于3万，一毛钱不投。为了达标，马化腾去学校一个个拉用户。没人聊天，就自己假扮女孩子，陪人聊天。不停地换头像，换昵称，有时聊一个通宵，也就为了获取一个活跃用户。

这时的王健林，也在初期创业，接下了一个转手项目。为了启动这个项目，需要一笔2000万元的贷款，没有一家银行愿意给。后来政府指定他找一位行长，但前前后后找了50多次，每次那个行长都躲他，怎么也不愿意搭理他。在走廊里，王健林经常一等就是一天，那个行长早就从后门溜回家了。

今天，我们看到那些风光的人，也曾历尽千辛万苦，或许他们也曾想过放弃。只是在最难的时候，他们都遇见了自己的贵人。潘石屹遇到了张欣，马云遇到了蔡崇信，马化腾遇到刘炽平，王健林遇见了林宁。

　　再大的困难，有雪中送炭的人及时出现，就像沙漠中的一口水，有了就总能熬过去。熬过去了，命运就有了波澜壮阔，就有了浓墨重彩。

　　一个人唯有身处卑微时，最有机缘看到世态人情的真相。人情似纸，兴旺发达时，门庭若市。穷困潦倒时，空无一人。锦上添花谁不会，雪中送炭有何人？

五

北宋元丰三年，苏轼经历"乌台诗案"，死里逃生，贬官来到黄州，挂名团练副使。一家老小十几口人，全靠那点微薄俸禄聊以度日，连个像样的住所都没有。

这时的苏轼，是戴罪之身，没有人敢和他往来，身边的人散得也差不多了。

只有一个老朋友，叫马正卿，从官府申请来一片几十亩的荒地。在这块荒地上，马正卿先帮苏轼造了个大房子。房子在大雪中竣工，于是，苏轼取名"东坡雪堂"。

马正卿的家人很害怕，跟他说："你跟苏轼走这么近，当心惹祸上身！"

马正卿说："我是他朋友啊，这时候我不帮他，谁帮他呢。"

第二年开春，马正卿又找来工人，在东坡雪堂附近，帮苏轼开垦田地，修复了原来吃水的水井，栽上树木，种上庄稼和蔬菜。

这样一来，苏轼一家才有安身之所。苏轼还靠着这片地解决了一家人的衣食之忧。从此，苏轼自称"东坡居士"，在这里找到自由，发明了东坡肉，写下了千古名篇《念奴娇·赤壁怀古》，越活越潇洒，越活越超脱。

如果没有马正卿，今天的"东坡居士"也就无从谈起了，也不会有我们今天看到的洋洋洒洒的诗词文章，飘逸灵动的丹青墨宝。

苏轼一生洒脱不羁，不喜欢说客套话。唯独对马正卿说，希望将来，能够涌泉相报。

正如他诗中所写：

人生到处知何似，应似飞鸿踏雪泥。

时间就像大风，吹散萍水相逢，留下那些真心的人。

当你卑微、艰难的时候，请珍惜那些给你雪中送炭的人。当你富足的时候，请不要忘记那些人。当你强大的时候，请你也要做一个慷慨为别人雪中送炭的人。

所谓情商高，就是会说话

柏拉图说，智者说话是因为他们有话要说，愚者说话则是因为他们想说。

生活里，每次听到别人说"我这个人说话，就是比较直"，就知道不妙。接下来一定会有一些他自以为是的"杠精真性情"。

"老实说，你这个发型很丑。"

"你脸色怎么这么差？"

"我很喜欢你的文章，但不想打赏！"

往往这帮人，以为自己是真性情，其实是没礼貌。就像要给人一个耳光，还要冲掌心哈口气，先说"我打人就这么疼，你忍着点"。

你被伤到了，他会说："你怎么这么小气，连个玩笑也开不起"。

总有人喜欢形容自己"刀子嘴豆腐心"，好像这是一种传统的美德。我就纳闷了，既然有一颗豆腐心，又何必长一张刀子嘴？

平生最怕两种人：一种碌碌无为，还觉得平凡可贵；一种是口无遮拦，还觉得直率可贵。

一个人平均每天要说7000字，话能说得让人舒服，干吗说得让人讨厌？

—

坊间讲过这么个关于说话的故事。

朱元璋少年时当放牛郎，交的都是一些穷朋友。称帝后，有个穷朋友来找他，进宫后，开口就说："皇上还记得吗？从前我们替地主放牛。有一天偷来一把青豆，放在瓦罐里煮。你把罐子打烂，去泥里抓豆子吃，不小心被草叶卡住了喉咙。我叫你把青菜叶吞下，才救了你。"

朱元璋听完，怒道："哪儿来的疯子，拖出去斩了！"

第二天，另一个穷朋友进宫，叙旧说："皇上还记得吗？当年微臣随着您大驾，骑着青牛去扫荡芦州府，打破了罐州城，汤元帅在逃，您却捉住了豆将军，红孩儿挡在了咽喉之地，多亏菜将军击退了他。那次战斗我们大获全胜。"

事情还是一样的事情，只不过这个人懂得说话之道，既说清楚了事实，又保住了皇帝的脸面。朱元璋一高兴，封这位旧友为御林军总管。

我喜欢的电影《当幸福来敲门》里，也有这样一个故事。主人公人到中年，投资失败，穷得连老婆都跑了，最后争取到了一个大公司面试机会，眼看要改变命运。

倒霉的是，面试前一晚，他被扣留在了警局。第二天，他穿着脏衣服就赶去面试。几位面试官看他这邋遢的架势，问他："我为什么要录用一个连衬衫都没穿的人？"

他想了想，说：那我猜他的裤子应该很考究。

这句话，引得面试官大笑，赞赏他的机智、得体，让他获得了这份工作。

> 无论古代，还是当代社会，最重要的能力是表达能力。一个会说话的人，会比别人得到更多的机会和人脉。所以他们一开口，就赢了。

二

王家卫拍完《春光乍泄》，张国荣、梁朝伟的人气都很高。参加节目时候，主持人刻意问他：张国荣和梁朝伟，你更偏爱谁呢？

这个问题，怎么接都伤感情。但王家卫慢悠悠地说：

> 醉花宜昼，醉雪宜晚，是不同的味道，碰上是我的幸运。

说得既不虚假，又不伤感情，听起来还很舒服。

汪涵参加节目《开讲啦》，主持人搞怪问："如果何炅和你妻子杨乐乐，同时掉到水里，你先救谁？"

一边是朋友，一边是妻子，怎么选都尴尬。面对这样的恶搞，汪涵说："我要告诉大家的是，如果何炅和杨乐乐同时掉到水里，我还没下水呢，何炅就把杨乐乐救起来了。"

生活中，我们难免在语言上受到一些挑战。会说话的人能轻松化解，皆大欢喜。不会说话的人，只会用"关你屁事"来搪塞，丢了人缘，自己也不开心。

说话并不是一件容易事。天天说话，不见得就会说话。许多人说了一辈子话，没有说好过几句话。张口说话并不难，难的是在不违背表达意愿的前提下，又把话说得真诚与友善，不给人难堪。

黄渤曾接受过一次采访，现场布置失误，灯光非常暗。他开玩笑说："坐在这儿就跟提审犯人似的。"

记者很不安，赶紧说交换个位置。黄渤摆摆手，拿来一盏台灯来补光，说："开个小灯这样更像一些。"

大家听完就笑了，消除了尴尬，也解决了工作人员的失误。

《增广贤文》说"良言一句三冬暖，恶语伤人六月寒"。意思是说，一句宽容理解的话，能给人很大的安慰、鼓励，即使处于寒冬也让人温暖。而一句伤人的话，即使在六月炎夏，也让人心里感到恶寒。

其实会说话，也是一种善良。

三

在娱乐圈，蔡康永得到公认的评价是：会说话、情商高。

蔡康永的父亲是上海有名的"船王"，他家的船，最有名的一艘，是章子怡演的《太平轮》里的那艘太平轮，公认的"中国泰坦尼克号"。

但是在1949年，大船开到半路沉没，天价赔款让蔡家家道中落。等蔡康永出生，太平轮仅留下一架望远镜和一对绷皮木骨及蒋中正坐过的扶手椅。

24岁时，蔡康永去美国求学。他有个同学叫麦锁门，疯狂迷恋中国功夫，得知他以前练过把式，缠着拜他为师。这阵子，教授布置作业，要他们两人一组，拍一部五分钟的纪录片。

蔡康永对麦同学说，拜师可以，但这次的作业你要替我做。

麦锁门说没问题，全包了。蔡康永到洛杉矶的中国城，买了一柄木剑，找了本破剑谱，挑了三招姿势夸张的剑法，传授给了麦锁门。

纪录片的事，蔡康永就没操心。等到交作业的前一天，麦锁门拿来片子，放给蔡康永看。

一看，蔡康永惊得张大嘴，下巴差点没脱臼。画面上都是女子更衣室的景象，只见女同学涌进涌出，脱衣穿衣，环肥燕瘦，一波未平，一波又起。

麦锁门说：我借来针孔摄影机，挂在体育馆女子更衣室，拍两小时，压缩成五分钟，精彩吧！

这要当纪录片交作业，还不给教授骂死。

蔡康永气得不行，但也不想说重话，伤害麦同学，就打趣吼了声："你，你这个孽徒……可，可把为师的我……害惨了！"

就是这句话，把麦同学逗乐了，两人非但没有吵起来，关系还变得更加亲密。

四

蔡康永到本地的同学家做客，老被要求换鞋。他有些不舒服，回去后，在自己家门口，写了张字条"不用换鞋"贴上。来家里的朋友问他为什么这么写，他说：

> 客人来了就应该让他感到舒适。如果家里来一位女士，她好不容易打扮漂亮，穿着高跟鞋，你非要她脱下来，岂不无礼？

2002年，成龙到台湾地区宣传，参加蔡康永的节目，以为他会问那些老生常谈的事。蔡康永上来第一句问："拍电影很累吧？"

成龙忽然泪流满面，哽咽地说："我累了，真的累了。"

成龙遇到过这么多采访，所有人都关注他的风光，只有蔡康永，会关心他的疲惫。

蔡康永说，所谓说话之道，就是把对方放在心上。懂得凝视对方的眼睛，懂得肯定、体谅别人。

每次主持颁奖，蔡康永都先研究每个明星的座次。开场后，绕来绕去介绍那些没获奖的嘉宾。怕他们干坐一晚上，而没有一个镜头。

等蔡康永自己当嘉宾，出席颁奖活动，主持人嘲笑他和小S：因为你们这次没入围，所以底下没你们的位置。

蔡康永笑笑，回答："所以我们是来主持的。"

说完，引来台下笑声一片。既化解了自己尴尬，也不给对方难堪。

大红的易烊千玺，曾在上节目时，写蔡康永的名字，写错了"康"字，事后发微博"罚抄错别字100遍"，但还是引来一片嘲骂。

蔡康永赶紧去这条微博下面写道：

笔画正确的人很多，但真正值得尊重的，是写字者的心意。谢谢你祝我开心，你也要开心哈。

一句话就将本来很尴尬的事，处理得体面而温情，让愤怒化成了感动。

这样的人说话，绝不会刺伤别人，但又感觉那么真实不滑头，让人不喜欢都难。

五

在生活里，碰到一个不会说话的人，就像吃鱼卡到一根鱼刺。他们总喜欢冷不丁冒出一句直截你心窝子、让你尴尬到要死的话，还自以为幽默直率。

这样的人，出现在哪种社交场合，都是社交的灾难。

而说话懂得把别人放在心上的人，会得到更多的力量、更靠近幸福。

会说话，并不意味着没有原则，而是初听温润如玉，细听棱角分明。保持涵养和风度，得意时不忘形，失意时能克制戾气。

很多人以为，你说什么样的话，会透露出你是什么样的人。其实你说什么样的话，你就是什么样的人。

伤害别人很简单，只要一句话就够了，可是温暖一个人需要很长时间，甚至是一辈子。

做自己，并不是要在语言上和人对立，刻意追求特立独行。通过说话的艺术，不用情绪去困扰别人，不去绑架别人，让别人跟我们相处起来，感觉到如坐春风，觉得舒服。这才是真正地畅快做自己。

女人的极致是优雅，男人的极致是坦荡

一

某天，"陌生女孩"用微信加了我，她说她当天过生日，让我给她发个红包，说是"祝福"一下她，还给我做了 8.88、18.88、88.88 的组合。我不知道该怎么接话，如果拒绝她，可能会被她骂一顿，如果给了她，会让她更变本加厉。我只好保持沉默。又过了一阵子，发现她已经把我删除了。我问了几个朋友，他们说都遇到过类似的事。最近，又听到这样的消息，说一个女孩子，捐出卵子，换了一部新手机，心里又是咯噔一下。我不知道是时代变了，还是人心坏了。

二

五年前，走在城市的街道上。常常会遇到穿得很干净的女孩儿，至少看上去比我干净多了。她走到我面前，说："先生，您好，我钱包丢了，回不了家，可以借我十块钱吗？"这些年，拦街"借钱"的女孩儿少了，网上求祝福的女孩儿多了！可以隐在手机屏幕后面，又有谁愿意把脸面揉巴揉巴扔到地上呢？

尊严对于每个人都一样，只是有人视为骨血和命，有些人自己并不在意。糟蹋自己的尊严，作贱自己的脸面。

三

2006年，江一燕来到广西拍一部文艺片。当看到山里的孩子，她说："他们像石头缝里的小草一样，一出生就要自己学会努力地去寻找阳光，而不是别人给予他们。"江一燕很勇敢，一个人来到山里，当助教老师，从光鲜的屏幕上走到溪水边，穿朴素的衣服，也不化妆，和留守的孩子一起上课、做游戏，弹吉他歌唱。陈道明给她写了一篇文章：

"皮相的光鲜最多数年，优雅和安宁才是一生的事。"

我一个画漫画的朋友认识江一燕，前一阵子，我们聊起来，他说江一燕有菩萨心。菩萨心是对人最高的评价了，胜过赞美容颜很多倍。人都会老掉，老成自己不想要的样子。年老并不可怕，只是时光堆积的结果罢了！可怕的是人还没有老，内心已经老了，变得庸俗、势利、自私，有老年人的一切坏毛病。

　　淡泊的人说老去不过是云淡风轻，花开花落，去去就来。过往的生活赋予的悲悯心不会消失。眼中看到的世界和阳光也不会消失。她们老去，优雅而安宁。

四

　　著名学者叶嘉莹，年轻时在北京教书，生活很清苦。冬天，叶嘉莹里面穿着大棉袄，外面穿着布做的长衫。因为要骑车去上课，时间久了，衣服就磨破了。她也没钱买新衣服，就补着大补丁去上课，而学生对她依然很尊敬。

　　《论语》里说："士志于道，而耻恶衣恶食者，未足与议也。"即便一无所有，内心仍然保持高洁的品行和操守！

　　所以在物欲横流的今天，大家依然愿意叫叶嘉莹为叶先生。尊敬和容颜无关，只和修为有关。1976年，叶先生的大女儿和女婿在一次车祸中丧生。白发人送黑发人，生死劫难，她选择了诗，找到了智慧、品格、襟抱和修为，用悲观的态度过乐观的生活。每一次，在她讲座上听她吟诗，都会有听众泪流满面。她96岁，却如年轻时一样优雅。经历岁月，不讨好生活，不屈服生活。不作贱自己，便获得了心灵上的自由，然后面对厚重的生活，安静并从容不迫。

五

苏联时期，有一个叫阿赫玛托娃的女诗人。她上午挨完批斗，下午回家继续收拾花园，种自己喜欢的各种花朵，听欧美的音乐。不哀怨命运，不向苦难妥协，只为找到内心的宁静，内心强大到真实比什么都重要。阿赫玛托娃就是这样，时代不管怎么变，她都会把尊严放到第一位；我的命你拿去好了，但是尊严，我是不会丢弃的。穿着破旧的裙子，人们记住的是裙子，穿着优雅的裙子，人们记住的是穿裙子的女人。

阿赫玛托娃说过一句话："我教自己简单明智的生活，写快乐的诗句，写生命的衰变和美丽！"

所以，她把一生过成了诗，拥有了亡命天涯的勇敢，拥有了不管不问的悲怆，同时也拥有了和整个时代不一样的清晨和傍晚。

六

梁启超先生一生推崇西医，他觉得西医可以提高国民身体素质，并在国内大力宣传西医。1926年，他住进北京协和医院，被诊断为肾肿瘤，结果粗心的护士用碘酒标注时，竟把左肾标注成了右肾，粗心的医生做手术把梁先生的右肾摘除了。这是非常重大的医疗事故，社会人士和梁启超的家人都觉得协和大有责任。而梁先生考虑西医刚刚在中国发展，如果他断定是医疗事故，则老百姓就会抵制西医。于是他在报纸发表文章："右肾是否一定要割，这是医学上的问题，我们门外汉无从判断。据那时的看法，罪在右肾，断无可疑。"这就好比告诉大家："我的病就是右肾，大家不要怀疑！"他怕说出真相影响西医乃至西学在中国的传播。他将国家前途置于个人安危之上！

> 这就是文化人的修为，是文化人的坦荡，不拘私仇，心怀苍生。于是大家称梁先生为民国最大的君子。

梁先生坦坦荡荡，坦荡和地位无关，和修养有关。有人读了很多的书，依然无法真实面对内心，做的事丑陋不堪，上不了台面。

七

魏晋时期，41岁的陶渊明当彭泽县令，有一天，督邮刘云来检查工作，让他"当备好礼，穿盛装，恭敬迎之"。陶渊明脱下官服，交出官印。"吾不能为五斗米折腰，拳拳事乡里小人。"这是真性情，真坦荡。魏晋时期，钟会写了《四本论》一书，想和大文学家嵇康探讨，到了门前却深感自己浅薄，不敢进去，只好从门外扔进院子。又过了三年，在一次聚会上，两人有了一点观点上的小争论。嵇康为救朋友吕安，明知会有牢狱之灾，依然仗义执言，赴死而去。钟会记着旧仇，将嵇康送了刑场！嵇康慷慨赴死，临刑之前，如同平常一般，毫无畏惧。他看了看太阳的影子，知道离行刑还有一段时间，便向兄长嵇喜要来平时爱用的琴，在刑场上抚了一曲《广陵散》，然后摔琴长啸，大呼："《广陵散》绝矣！"这是真坦荡！不求生命之荣华，不求生命的之长远。只为活出人格，活出骨血，活出真实的血性！

　　坦荡和学识无关，和勇气有关。坦荡是敢于承担结果的肝胆，敢于承担结果的勇气。知其不可行，却非要为之不可。只是为了对得起一些人的期待！

八

　　作家王小波认识李银河时，他还是辍学在家的初中生，是社会无业人员。李银河是大学生，是时代偶像，是《光明日报》的大编辑。第一次见面时，李银河就大跌眼镜。用她的话说："吓了一跳，没想到这么丑。""不但丑，丑中还带着一点凶样。"而一米八四身高的王小波愣在瘦小的李银河跟前，来了一句："你有男朋友吗，你看我怎么样！"

　　这就是率真，这就是坦荡。火辣直率，天真无邪。真诚、热情、憨痴，我爱你，与这世界无关。我们中间隔了无数道自建的柏林墙，可那又怎么样？我就是爱上你了，并决定用一生去爱，没有淫欲，没有规则。

在电影《阿甘正传》里，阿甘正式向珍妮求婚，说了句感动了全世界的话："珍妮，在这个世界上，我不是最聪明的，但我知道什么是爱！"

九

香奈儿品牌的创始人可可·香奈儿说：

"在你二十岁时拥有一张大自然给你的脸庞，三十岁时生命与岁月会塑造你的面貌，五十岁时你会得到一张你应得的脸。"

我们每个人都贴着一张脸，刚开始来到世界时，这张脸很干净，然后我们就任意涂画这张脸，涂上坦然、谄媚、轻浮、淡泊、儒雅等颜色，最后活成了我们自己都看不起的样子。

罗兰·巴特在小说《恋人絮语》中有一句话："我一生中遇到过成千上万个身体，并对其中的数百个产生欲望。但我真正爱上的只有一个。"

优雅是灵魂，是花园，而坦荡是命，是真性情，是超逸豪迈，是脱俗勇敢。是干干净净说自己真正想说，磊磊落落做自己想做！如此看来，女人须优雅，男人当坦荡！

一个好的社会，是大人学会向孩子道歉

—

有个周末，我带女儿出门散步，走了一半路时，从后面过来一辆电瓶车，车开得并不快，马路也很宽敞，但当车开到我们旁边时，车主突然一阵猛按车铃，我6岁的女儿被铃声吓住了，一下子没站稳跌坐在地上了。

事后，我要求电瓶车主人下车向孩子道歉，他不屑一顾地对我说："她一个小孩子，我凭什么要向她道歉啊？"说完，他像至尊宝那样扬长而去，不得不说，他姿势很帅。

我和女儿回到家，孩子还是很委屈，她问我："爸爸，你以前教育我，做错事就要主动道歉，可刚才那个叔叔为什么不向我道歉？"

我不知道如何回答她，只能告诉她：

以后你出门，遇到这样的大人，爸爸允许你在心里看不起他们。

二

我不喜欢小题大做，但这类事确实值得探讨，以下话题与我个人无关。

就拿我身边一些受了大学教育，读了硕士、博士的朋友，在书本上都懂得尊重孩子，可是一到生活里，大家都变得很空灵，说忘就忘了。

有段时间，我们常常聚会探讨"作为家长的我们，应不应该向孩子道歉"。大家啰里啰唆讨论了半天，得出的结论是不应该向孩子道歉。

很遗憾，我没有像一些带节奏的情感博主那样被气炸，我是这样被顶回的：

如果我这次向孩子道歉，那是不是意味着我总要向他道歉，如果我道歉，是不是也意味着我的权威就此丢失，以后我该怎么管教孩子，你帮我管吗？

你的孩子还是先寄存到你那儿吧。尊严和管教哪个是第一位呢？我觉得尊严是第一位，大家应该没有意见吧。毕竟没有尊严的管教，管教得再好，那孩子还会像提线木偶。

还有一些父母习惯性说权威，这相当于政治家说胸怀，骗骗自己就行了。我一直赞同父母生孩子是一件自私的行为，多数时候是为了自己生命的完整，估计很多父母不会赞同我这个观点，都会觉得是我把你带到这个世界来的。但是你站在孩子的角度去想，假设孩子出生前就知道这个世界的混乱，也许他会不情愿来到这个世界呢。

许多父母的逻辑却是这样的："你的生命是我给的，所以我有权管教你，你必须听我的。"他们也习惯性模仿上帝的口吻说话："我是你爸。""我是你妈。"

有些父母要把自己当领导了，一味强调权威的人，不管是单位领导，还是孩子父母，都应该被倒拎起来30秒，让他感受地球那富有磁性而魔幻的噪音："你们都是我的。"

三

我爱读书，凡事都喜欢追本溯源，这是一个坏毛病，得改。

从知识分子到贩夫走卒，中国其实一直都有不向孩子道歉的传统。大翻译家傅雷，也是如此。

儿子傅聪少年时在楼下练琴，傅雷在楼上监督。傅聪一个音不准，傅雷就会大骂，抓着傅聪的头往墙上撞。你没看错，是真撞墙。

5岁时，傅聪在客厅写字，傅雷在吃花生，不知何事就火了，他操起盘子就朝傅聪扔过去。傅聪鼻子就留了一个疤，傅聪找到父亲的好友杨绛哭诉："爸爸打我真痛啊！"

除了打骂儿子，傅雷还很在意做父亲的权威，好几次都把傅聪绑在自己家门口，让邻居都看到，以此警告傅聪：不听爸爸的话，后果很严重。在45岁之前，傅雷的字典里是没有"道歉"二字的，这也导致父子二人关系冰冷，以至父子二人，很少说话。

1954年，傅聪被政府公派到波兰深造学习。因为思念儿子，傅雷开始了漫长地与儿子书信交流。但谁都没想到，他写给儿子的第一封信，是从"道歉"开始的，那时候傅雷已经45岁了。

他在信中向儿子道歉："孩子，我虐待了你，我永远对不起你，我永远补赎不了这种罪过！"并向孩子坦言"是我不懂做爸爸""可怜过了45岁，父性才真正觉醒"。

这迟来的道歉虽然让父子关系得到了缓和，却再也没有换来父子二人的见面。

1966年，时局动荡，傅雷夫妇在家中自杀，这也成了傅聪一辈子的伤。如果这个道歉早一点，也许父子二人会享受到更多家庭之乐，一切都来得太晚了。

讲傅雷、傅聪父子，其实是想告诉大家：

孩子会将父母的道歉，视作父母对自己爱的表达。如果父母做错了事迟迟不道歉，孩子会认为父母不爱自己。孩子感受不到父母的爱意，他的内心就会压抑不满。在爱的世界里，生命是平等的，没有地位尊卑差别，也没有力量悬殊对比。理解、认同、接纳，最后身心得以成长，唯爱永存。

四

我们从小读书，听得最多的一句口号是："孩子是祖国的希望，是未来的主人公。"

但仔细一想，不少人好像从来就没有把孩子当作未来的主人公，更多时候都是不打你就不错了。

前几年，西安一所小学规定：学习、思想品德表现差的学生没有红领巾，只能佩戴绿领巾。规定一出，大家都很生气。

生气的还有"童话大王"郑渊洁，他站出来喊：敬请西安市未央区第一实验小学今天摘掉"差生"脖子上的绿领巾，并由校长向每位戴过绿领巾的孩子道歉。

校长道没道歉我不知道，但这件事说明了一个问题：

> 从整体上说我们还没形成学会尊重孩子的氛围，孩子的尊严在大人面前是不值一提的。我们在要求孩子的思想品德时，其实从未要求过自己的思想品德。一些教育管理者没有思想品德，一些为政者也没有思想品德。
>
> 一些思想品德负值的大人，做了假疫苗、虐童这样的恶事，让人觉得失望透了。但自始至终，很少有人出来为孩子们道歉，孩子的尊严似乎是不值一提的。施害者没有站出来道歉，管理者也没有因为自己的失责道歉。

为什么会这样呢？

　　归根结底，还是教育和文化的问题，以往我们只讲述功利教育，却没有美育教育，只重结果，不重道德。只重孩子的道德，却从不重社会的道德。

我平生最讨厌的一类大人，就是不尊重孩子的大人，把孩子当成工具的大人。

我希望我们的孩子可以在悲悯和爱中学会成长，在平等中感受到自由。在强权和利诱面前，依然富有勇气，同样，也在接受大人不断道歉中学会成长，学会宽容。

总有人选择仰望月亮

有一种追星方式，叫李安

追星像是一种快感十足的心理按摩，对于这个时代许多年轻人来说，像是一次昂贵的头脑大保健。

—

我一直反对年轻人追星，因为许多人追星，最后都迷失在追星的幻觉里，像一滴水迷失在一片雨中，像一只蚂蚁迷失于一片森林。追了一辈子星，最后依然过不好这一生。

这几年，常会发生一些追星的闹剧。

2015年10月，杭州萧山机场，为了一睹偶像面容，一群疯掉了的年轻人迅速前冲，硬生生将机场厚厚的玻璃防护栏挤碎，导致不少无辜的路人被碎玻璃划伤。

2018年5月，上海虹桥机场，20多名年轻人用身体堵住机场出口，整个航班被迫延误两小时，只为看一眼自己的偶像。

这样的新闻看得越多，就会有一种不可的愤怒。愤怒于这些年轻人，精神世界的空虚和头脑世界的愚蠢，是什么勇气，可以愚蠢到无视秩序、无视规则？愤怒之余，也会对年轻人的精神世界产生深刻的怀疑。

二

追星究竟追什么？我觉得应该是追一种品质、一种精神、一种人格上的魅力。偶像应该是一个人上升的动力，或者是一种精神的标杆，像大海上的灯塔，在迷失、彷徨、无助的时候，看一下灯塔，便又找到了远行的动力。

有一个叫卢正雨的年轻人。出身贫寒，资质平平，却从小喜欢看周星驰电影。

2011年，星爷电影《西游降魔篇》上映，片中"大煞"一角，扮演者是他。

2016年，星爷电影《美人鱼》上映，卢正雨又在电影里出现了。一时众人猜测：这个叫卢正雨的，难道就是一代"星男郎"？

其实，卢正雨只是周星驰的一个普通"粉丝"，他毕业于湖南工业大学，非科班出身，只因对周星驰电影痴迷，便埋头学起电影。

从大一开始，卢正雨开始用最廉价的数码相机翻拍《无间道》，之后又一个人拍摄了好几部喜剧短片。

2007年，周星驰的《长江七号》上映时，卢正雨为了向星爷致敬，拍了一个致敬短片。在《鲁豫有约》的录制现场，他终于得到机会，放给周星驰看。

卢正雨一直在不断进步的路上，直到2011年，在拍摄了几个网剧后，他终于鼓起勇气找到偶像："周先生，可不可以让我演一个角色？在您的电影里演一具死尸也可以。"

星爷笑了，告诉他："死尸我来演就可以了，这个用不到你们演的。"

因为在星爷心里，有一个更好的角色是留给这个年轻人的，这就是《西游降魔篇》中的"大煞"一角。

从此以后，卢正雨还参演了《美人鱼》，还成了《美人鱼》的联合编剧、执行导演。

2017年，卢正雨自导自演的《绝世高手》也在全国公映，他因自己的拼搏、进取心，成了当下最被寄予厚望的年轻导演。

想想从小把周星驰当成偶像的一路经历，他说："星爷是经过自己的努力才有了今天的成就，我会永远用他的精神来鼓舞自己。"

我一直觉得，这才是当代年轻人正确的追星方式，不是痴迷，不是跪舔，更不是狂热，而是让偶像身上的精神光芒照亮自己前行。

就像王家卫电影里所说："叶里藏花一度，梦里踏雪几回。"追求偶像，就是要让偶像身上的光芒照到自己的人生。拼一口气，点一盏灯，有灯就有人。

三

你如果看过 2008 年北京奥运会，一定记得一个叫菲尔普斯的美国人。

那一年，菲尔普斯打破 7 项世界纪录，他是这个星球上游泳速度最快的人。

许多人把菲尔普斯当作自己的人生偶像，有个新加坡小男孩儿斯库林，13 岁那年，他把菲尔普斯作为自己人生偶像。

他跑到偶像身旁求合照，非常胆怯，一脸腼腆。

21 岁的时候，他再一次和偶像同框，这一次，他已经不再是当年那个胆怯的男孩儿了，而是一个完全自信的青年。

他以菲尔普斯为偶像，先在 2011 年东南亚运动会上获得 200 米蝶式金牌，2012 年又进了美国精进游泳队。

2016 年里约奥运会上，斯库林和菲尔普斯同时站在游泳池边。

这一次，打败菲尔普斯的正是当年 13 岁的小男孩儿斯库林。这一次，斯库林夺得了男子百米蝶泳决赛冠军，并打破菲尔普斯在这一项目上的世界纪录。

夺冠后的斯库林，深情拥抱菲尔普斯，那个他用整个青春紧紧追随的人，而菲尔普斯也转身拥抱斯库林。

"我一直仰视你，但最终努力活成了你的样子。"

这才是偶像的意义，我以偶像为人生目标，并打败偶像，用成绩向偶像致敬。我用你的动力铸就一个行业奇迹，这才是偶像意义。如果每一个运动员，不想打败偶像的话，那篮球、羽毛球等任何体育项目，都会停滞不前。

四

李安是华人世界最好的电影导演，他拍的每一部电影都不重复自我，他拿过奥斯卡最高奖，也拿过戛纳电影节、柏林电影节、威尼斯电影节最高奖。

许多电影人把李安作为一生偶像，而李安的偶像是瑞典电影大师英格玛·伯格曼。全世界最伟大的电影导演，一个从指纹就能看出人类命运的电影大师。

1974年，当18岁的李安第一次看到伯格曼的电影《处女泉》时，李安后来回忆："整个人呆住，立刻做的事情是，坐在原地，再看一遍。"

李安37岁前都是充满挫败感的，两次高考失败，刚去美国时，两年没有工作，父亲也反对他做电影，让他找一个正经工作。

但伯格曼的《处女泉》永远给李安人生动力，刚去美国时，因为下决心做电影，李安忍受清贫，宁愿去做仓库管理员，也不做"费脑子"的工作，因为他说："我的脑子是留给电影的。"

直到37岁，李安第一部电影《推手》上映，一举拿下了金马奖，从此李安在电影路上翻山越岭，每一部电影从不重复，拿下了全世界的电影最高奖。

但在他心里，电影大师伯格曼像个伟大的灯塔一直在那里。

2006年，李安筹拍《色戒》，整个拍摄过程非常艰难，他的精神因为琢磨电影里的人性，而持续紧绷，到了崩溃边缘，主演梁朝伟劝他要保重。

当李安即将崩溃时，他来到瑞典的法罗岛，法罗岛人口不足600人，岛上没有银行、邮局、医疗设备，但是伯格曼的晚年就在那里。

当见到伯格曼时，年过半百的李安一下抱住88岁的伯格曼，哭了。这个52岁享誉世界的大导演，像个孩子一样伏在伯格曼肩上哭泣，令人动容。

见完伯格曼，李安内心得到安慰，继续拍摄《色戒》。2007年，伯格曼去世，享年89岁，万里之外，得知这一消息的李安几度哽咽，一度停工。

李安几乎获得了电影世界的全部荣誉，可每次提到伯格曼，他都会说：

"我永远不能跟他比，他是精神导师，永远是我的精神导师。"

偶像是什么，我觉得偶像就应该是精神导师。在你灵魂深处无法安放、无法平静时，偶像永远给你灵魂上的慰藉。比如我喜欢托尔斯泰，托尔斯泰在我人生每一个阶段，都给我崇高的安慰，托尔斯泰的墓很小，没有墓碑，可就是这样一个小小的墓地，却让我从不敢高声说话。

五

如果我们的年轻人追星都像卢正雨、斯库林、李安那样，在人格上、精神上追求自我性格的重塑，也许追星的闹剧就会少一些，也许优秀的灵魂就会多一点。

反观我们生活里的追星，一切都被打入商业时代的烙印，只有一个主流的价值观就是商业，商业变成了英雄，经济生活变成了唯一的主流。而文化和思想的活动越来越被边缘化。

明星就像鱼罐头，在流水线上生产出来，打造一个完美的人设，然后投入市场。

造星工厂，像一个庞大的人口工业，每一个环节都精心打造，尽善尽美。线上有真人刷热搜，线下有"粉丝"接机、呐喊。每次路过机场，都能撞见在风中接机的少男、少女，在风中哆嗦，等待着他们眼中的偶像，他们在寒风中哆嗦的样子，像一群没有根的少年。

他们徘徊在某种巨大的无力感和幻灭感中，偶像终究不能救赎他们，他们终会长大，将会独自面对生活的悲伤和痛苦、包容和孤独。

而那些看上去似乎完美的明星，更像是一次昂贵的头脑大保健，对少男、少女的生理和心理都是一次全方位的按摩。而这一切，不需要付出任何智力和道德的代价，也没有任何精神上的彷徨，一切都来得如此当然，令更多的年轻人来不及怀疑。

一切都在毫无理由地走向庸俗，年轻人不再具备足够的勇气，他们焦虑，却不愤怒，他们没有存在感，却从不怀疑，他们迫不及待地追赶时间，像登上一辆列车，却从未思考过，如何前进、如何刹车，如何掌握驾驶技巧。

　　他们的生命浅薄却不自知，他们生活在肤浅的世界里，用整个青春去追求一个泡沫的幻影。是泡沫就容易破灭，想想，这样的人生未免太可怜了。

奋进的人生才值得感谢

—

河北女孩儿王心仪写了一篇文章，结果，被媒体大肆宣传：《河北一寒门女孩儿707分考入北大！她写的〈感谢贫穷〉一文看哭了所有人……》。

宣扬这种标题的人，不是蠢，就是坏。贫穷什么时候成了一种美德？我们又为什么要感谢它？

在这篇《感谢贫穷》的文章中，王心仪写道：

"贫穷带来的远不止痛苦、挣扎与迷茫。它狭窄了我的视野、刺伤了我的自尊，甚至间接夺走了至亲的生命。"

但她还是写下：

"感谢贫穷，你赋予我生生不息的希望与永不低头的气量。"

"贫穷可能动摇很多信念，却让我更加执着地相信知识的力量。"

我其实理解小姑娘的意思，她想表达的，是自己战胜了贫穷，最终没有被贫穷压垮。她要感谢的，其实是父母的教育和自己的意志力。

但不可否认的是，在同等条件下，富裕给人的选择总是多一些。人类的整个发展史，就是不断追求富裕、感谢富裕的历史。我想，王心仪从北大毕业后，不会再回农村过穷日子，更不应该。她的下一代也将生活在比她更富裕的家庭里。

二

我要说的是：不要感谢贫穷，对于大多数人而言，贫穷是致命的。

看到一则新闻。山西太原，一小孩儿上厕所时手机掉入两米深的茅坑。孩子的父亲听说后，下坑捞手机，不慎落入茅坑，孩子的叔叔为救人也被困。后来，消防赶到，抽粪拆墙将两人救出，但两人都已经身亡了。

看了这则新闻后，有人在下面评论：

"不就是部手机，至于搭上两条人命吗？"
"为了一部手机，家长也是糊涂啊……"

说这些话的人，他们并不了解真正的贫穷。孩子的父亲又何尝不知道，跳下去，就意味着随时会被熏倒，意味着一条命会随时不保？如果不是因为穷，谁又真的愿意往又脏又臭、比自己还高出一头的粪坑里跳？

这世界上，总有些人生活在鲜花和糖果中，每天被美丽和甜蜜包围着，但也有些人，光是活着就已经拼尽了全力。

三

讲个身边真实的故事。

有次去医院，碰见一个患有腹水的人，整个人瘦得骨架一样，只有肚子挺得像篮球。医生告诉他必须住院，他摇头说没钱啊！医生叹了口气：这个就没办法了。这个人就摇摇晃晃地回家了，手里还拿个小凳子，走一段路就坐下来歇歇。

这个人后来怎么样了？我不知道，很可能就这样无声地死掉了。世界上有一种病叫"穷病"。十几年过去了，想起那个摇摇晃晃的背影，还是觉得心疼。

什么是真正的贫穷？真正的贫穷就是一不小心，就死了。

从小学到大学，我身边就不缺那种穷到极致的同学。

大学时，我有个室友长得黑黑瘦瘦。记得有一次他给他爸打电话说没有生活费了，第二天他爸给他打了100块钱，但是提款机取不出来。

因为扣了手续费就不足100块钱，提款机压根儿就取不出低于100的数额，最后，他只能到柜台取。

每次去食堂吃饭，他总是磨磨蹭蹭到最后。因为食堂提供免费的鱼头和汤，他只需要打两毛钱的饭。我每次看他时，他总是一个人坐在角落，狼吞虎咽地扒完饭，然后低着头走出去。

英国小说家乔治·奥威尔说过："贫穷的本质就是消灭未来。"

贫穷，往往意味着没有选择，它只会钳制着每一个人，让你明白活着并不容易。

我身边有个男生，骨骼比常人细得多。有天他告诉我，他小的时候，妈妈明知奶粉馊了，还喂给他吃。后来，他在医院吊了一个月针，一条命差点没了。

别人肯定认为那位母亲太冷血无情，但他接着说，那奶粉，是全家人省吃俭用一个月买的，即使馊了，她也舍不得扔掉。

他感慨道："贫穷最悲哀的地方，是什么都值钱，就自己的命不值钱。总觉得什么事情，只能拿命挡，命比纸还贱。"

在这种情况下，你还要感谢贫穷吗？

四

必须承认一点：生活不同，见到的东西也不一样。但正是如此，让更多人自卑，也让更多人奋进。

我参加2017年的乌镇互联网大会，会上一起吃饭的都是大佬：丁磊、马化腾、李彦宏、张朝阳、刘强东、张一鸣、王兴、周鸿祎。

他们中，有多少出身名门？百度李彦宏不是，他成长于山西阳泉一个普通家庭；搜狐张朝阳不是，他从小生活在西安东郊田王一个工厂的家属院；腾讯马化腾也不是，他出生在广东汕头一个渔村；京东刘强东更不是，他来自江苏宿迁一个小村子。

和大多数在城市打拼的年轻人一样，27年前的李彦宏，刚到美国，白天上课，晚上补习英语，编写程序，他是真正见过城市凌晨两点钟模样的人；25年前的马化腾，正在深圳一所大厦里一个狭窄的工位上，为了一个编程而绞尽脑汁；22年前的刘强东，正在北京一家外企里吃着盒饭，干着各种杂活儿，遥想着未来会是什么样。

论出身，他们是地地道道的平民阶层，但如今，他们都已经是互联网领域内的领军人物。

这几年常听到"阶级固化"一词，可是阶级真的固化了吗？我觉得没有。

2017年，周鸿祎的新书发布会邀请了刘强东。作为互联网行业的大佬，周鸿祎和刘强东有个共同点：他们都是平民阶层出身，都是通过自己的努力创业成功。

在谈到"阶级固化"问题时，周鸿祎说："我不相信阶级固化，我只相信敢于打破框架、颠覆自我。"

汕头渔村走出来的马化腾、宿迁农村走出来的刘强东，穷过吗？迷茫过吗？挣扎过吗？那是一定的。但出身不能选择，道路却可以选择；父母不能选择，个人的拼搏和奋斗却可以选择；起点不能选择，中途和终点却可以选择。

我们这个喧嚣沸腾的时代还是很有意思的，向上和向下的渠道都已经打开，不只是对这些互联网大佬，对我们每个人都一样。

五

我见过最励志的一个朋友，父母初中未毕业，只能外出打工，他从小就是留守儿童，跟着爷爷奶奶长大。他的出身，就是典型的平民阶层。

所以，他很早就知道用功读书的重要性。小升初考到重点初中，后来又考到镇上唯一的重点高中，再后来，考上了重点大学。

上了大学，他才知道人与人之间的差距有多大。大学报到那天，他坐长途汽车，再转公交车，其他同学都是私家车。班上那么多学乐器、美术的同学，可他什么都没学过。

大学四年，他参加了辩论队，四处支教、实习。他拿了四年奖学金，评了四年"三好学生"。他进了一家不错的公司，边工作边考级学习，后来出国留学，现在他是国外一家名企的经理。

毫无疑问，现在的他，已经是真正的中产阶级。

上次，我们一起吃饭，他说：困难的是调整心态，越往上走，碰到越来越多的那种人，他们有你无法企及的天赋或背景。我的做法是告诉自己，我不是要成为他们那种人，可能永远都达不到，只要过得更好。

作家亦舒说过一句话："一个人要超越他的环境及出身，进步是不够的，非要进化不可，那样的大业，岂能人人做到。"

不是每个人都像我朋友那样幸运、顺利，但只要你意识到差异存在，并不断朝着美好的方向去努力，那么生活只会更好，不会更糟。

六

《感谢贫穷》是写给大部分中国人看的，看完后，我们不是要真的感谢它，而是更加清楚地知道一点：不是所有鱼都生活在同一片海里，我们要承认这个世界的不公平。

对于王心仪来说，考上北大，只是开始，未来的路，很长很长。

> 对于我们大多数人来说，我们每个人都有贫穷的过往，人生多数时候，上升一步有一步的难，越往上走，越要费尽全力挣扎。

我也知道，我们清早出门，凌晨归家，竭尽全力、小心翼翼地生活，也只是为了不再遭受冷眼和获得该有的尊重。

希望未来，不再看见《感谢贫穷》这样的文章；希望未来，我们的学生都能享受到公平的教育；希望未来，我们的孩子都能享受同样的医疗，不要再有假疫苗；希望未来，我们抬头去看时，我们每个人，都已经身处在一个更公平的生活环境中。

25岁后，你的人生观，决定了你的一生

25岁到35岁，是人生最重要的十年，它决定你后三十年可以懒散、任性地喝咖啡和看风景。

王朔说爱谈人生是一种病，如此看来，我就病得不轻，属于爱谈人生的晚期重症患者。

枝头上的鸟叫了三声，春天就热了。两场暴雨一下，姑娘也瘦了。南方的花我行我素地开，常常觉得灿烂得有点无耻了，朵朵都像前任。

窗外蓝天白云、鸟语花香，想想，我们这个时代还是无比沸腾、天真烂漫的。互联网上，每一个坑位都蹲着真诚的骗子。他们惯用的伎俩是向少年卖娱乐，向上班族卖焦虑，向中产阶级卖生活方式。

近几年，突然流行拿创业成功者案例卖恐慌。这些创业者，有些是我的朋友，有些是我过去的媒体同行，有些是耳闻已久、屡战屡败、越挫越勇的创业疯子。但毫无例外，他们都比我更能把握时

代，苦吃得多，内心煎熬得也多。不夸张地说，他们一年的高铁票，够我坐到下辈子的。

这两年，大谈文化、大搞文化很流行。许多朋友问过我：什么是文化？说真的，文化，我不知道，但我知道在车站逢人就喊"巴菲特说过"，在互联网上高喊"知识焦虑"就叫没文化，我知道拿小概率创业成功案例吓唬小老百姓就叫没文化。

前两天，参加一个朋友儿子的成人礼，50个清一色的1993年出生的孩子，在大张旗鼓地庆祝成年。对于他们来说，18岁时骨骼闭合，脑门还未闭合，25岁才算心智成熟。

让我喝酒，没忍住，喝了一斤；让我说两句，也没忍住，说了10句。

第一，明白做任何事都有代价

聪明的人懂代价，蠢人只看对错。人生没有一件事是不计成本的，代价这东西，小则睡一觉翻篇儿，大则走路带风。

每一个牛人，都有过不装的过去。嫉妒没用，社会很公平，得到越多，代价越大。你只看到马云包机，没看到他脱发；你只看到李白豪饮三百杯，没看到他扶树撒尿，裤裆湿了半辈子。

> 聪明的人都知道，所有命运白送的礼物，其实都是明码标价。

第二，并非每个人都是好人

小孩子看对错，成年人看利弊。

人心和人脸未必统一，看脸是审美，看心是智慧。都是七情六欲的人，面对金钱和诱惑，人的底色就出来了。真诚远比技巧重要，性情远比甜言蜜语高级。

不必高估人的道德，许多人尚未变坏，只是因为他们还不具备变坏的时机。坏人也不会轻易变好，他们只会变老。

不可站在道德的制高点上俯瞰别人，也永远别去考验人性，因为人性更复杂。

第三，父母的建议，可能会误导你的一生

时代是精英缔造的，不是父母缔造的。

你买一张车票，把三四线城市的父母放到北上广，保证他们连地铁站都找不到，时代的车开得越快，父母就越追不上。

父母的人生经验，大多只适合他们那个时代，并不适合你。

孝顺父母最好的方式，除了陪伴和赞美以外，就是教会他们正确使用手机，享受科技乐趣。

第四，大城市比小城市有更多可能

小城市和大城市的距离从来不是一张车票，大城市远比小城市开放、公平、有规则。

挑战只会让你强大，压力只会让你沉稳，疲惫也会让你更努力。

在大城市，你可以尽情追求、奔跑、冒险，而在小城市里，你的冒险只会与周遭格格不入，人们会不断纠正你这个异类。

那些天天喊逃离"北上广"的营销号，一个也没逃离，他们还会偷着乐，看别人跑了，他们好赚钱。正确的方式是，把上劲奋斗的 Boy 留在大城市，把二表哥留在老家挺好的。

还有更重要的一点，大城市的女孩儿更漂亮。

第五，没有稳定的工作，只有稳定的能力

未来十年，任何行业都会洗牌，今天的新行业会变成明日的老行业，谁都有可能吃不上饭。

幸运的是，新行业会给拼搏进取的人更多上升的机会，不幸的是，眼睛一闭一睁，一天就过去了哈。

未来，没有稳定的工作，只有稳定的能力，不管行业怎么

变，你到哪里都有饭吃，这才是真正的牛。

第六，保持良好的生活方式

25岁后，走好一步，绿树成荫。

没事干跑跑步，不要革命未成，肚腩先行。出门提不上裤子，上床脱不掉鞋。到了中年后，保温杯里放再多枸杞，都不叫健康，拿后背学黑猪撞树，也不叫运动，坐飞机买两张头等舱机票，安放一个发胖的肉身，更不叫富足。

从某种意义来说，再有钱的佛系发型也比不上18岁少年一穷二白的玉树临风。从长远来看，养成良好的生活方式，是最理智的投资，堪比钻石恒久远，一颗永流传。

第七，要有幽默感

肉麻和有趣是两回事。从商业角度来说，肉麻相当于给光头卖梳子，给少女卖姚明的鞋，这叫没成全自己，倒恶心了别人。而有趣，在商业角度上，相当于买一赠一，人见人爱，重用户体验，客户参与感良好。

耍贫嘴不叫有趣，同理，二也不叫幽默。退一步肉麻，进一步油腻。有趣和幽默，让世界更美好。

第八，记得给爸妈煲个电话粥

对父母最好的爱，是愿意为他们花费时间。

告诉他们，我在外面，很想你。

这篇文章仅供我个人自省，并免费赠送25岁及以上和以下读者。

太闲是祸

每个人都抱怨过生活，都希望自己可以闲下来，什么也不用干。这样才可以思考，做一些自以为的大事，距离自己所说的成功也会大一些。

要是真闲下来，我相信大部分人坐不住。

许多人读王维《终南别业》"行到水穷处，坐看云起时"，都希望自己一辈子都可以这样随意而行，走到哪里算哪里。如果真把许多人放到这样的环境里，我相信大部分人会疯掉。

因为俗人只看到了皮相，事物好的一面，却没有佛的心性，同样的景致和环境，大部分人的心是安定不下来的。陶渊明"采菊东篱下，悠然见南山"在现实生活中，也并不难。

大家都说九寨沟很美，去过九寨沟待三天的人，兴高采烈，待一周以上的人会心生厌倦，待一个月以上的人我料定会抓狂，又重新怀念城市的灯红酒绿了。

大部分人是不适合闲的。

我父亲退休前在水利单位上班，一辈子忙忙碌碌。真到了退休的年龄，一下子把活动范围从一个省缩小到了一只板凳，各种病就出来了，先是腰椎间盘突出，然后是常常头晕，记忆力下降，有时候早上吃的饭，到了晚上就记不起来了。因为对于很多人来说，闲和无聊可以画等号，时间是没有价值的，只是像信用卡划过去就是了。

上班的时候，身体和大脑不知不觉也跟着锻炼了。退休后，锻炼身体、使用大脑的频率变少了，自己能不用就懒得用。太闲的人，连最基本的加减法都会衰退。和他一起退休的同事，好几个退休两三年，人就走了。

一个无聊的人，怎么可能拥有"笑而不答心自闲"的心境呢。

如此看来，太闲是祸！

许多母亲，在城市学校附近租房子，给孩子做饭。如果细究，她们个人生活也不会太好。太闲而枯燥的生活，一部手机便可以打发无聊，激起欲望，在一瞬间，也可能会引发祸。祸看上去是天意，其实并不是，祸是看上去不起眼的行为累积出来的。祸由心生，就是这个道理。

对孩子来说，也是一样。

在王朔小说里，那些十多岁的不良少年、生瓜蛋子，读书不好，又无法工作享受赚钱的乐趣，越来越无聊，破坏的欲望很大。青少年犯罪，起因也是因为太闲。如果他们能找到自己的兴趣点，就会百分之百投入，那就自然不那么无聊，破坏的欲望也不会那么大。

对城市人来说，每个人都渴望闲，睡觉睡到自然醒。其实真过上这样的生活，就意味着你在被时代淘汰。懒惰催生封闭，接受新生事物的能力也会随之越差，赚钱的能力也会越差。同样，懒惰催生愤怒，随便找个事情寄托自己的无聊。犯罪、欺骗，也许一次头脑发热，就把自己的人生报废了事！

一般的人，闲不下来，也配不上闲。不给他安排点活儿，他就会心急生病，祸就缘起；能闲下来的人，一定不是等闲之辈。

我问海山何时老，
清风问我几时闲。
不是闲人闲不得，
能闲必非等闲人。

当一个懒惰、愤怒、心性不够的人，即使放在眼前的是"江碧鸟逾白，山青花欲燃"，他也不会看出任何美感。

因为心性不够，只有那些敢于挑战忙碌、进取、智性的人，才能有境界看到无边落木、幽居空谷。没有无缘无故的境界，也没有无缘无故的智慧。

无聊永远不会产生智慧，只会让自己成为惹事的少年、懒惰的中年、烦人的老年。

凡人皆有一死，凡人皆有价值

一

我曾在上海听过一场演讲，演讲者是一个叫胡哲的澳大利亚人。

1982年，胡哲出生在澳大利亚墨尔本，墨尔本美丽的天空、湛蓝的海水，并不能安放他人生出发时的悲伤。

胡哲一出生就是个没手没脚的"怪胎"，父母看到他第一眼时吓坏了："我们怎么生了一个这样的儿子？"被吓到的父母都不敢抱他。

10岁那年，胡哲想躺进放满水的浴缸，想把自己淹死。

小学时，他一直活在自卑中，直到有一天，胡哲被一个女同学的拥抱鼓励，他决定成为一个演说家。

那时起，胡哲每天一起床，就爬到镜子前，大声告诉自己："是的，我没有胳膊和双腿，但我眼中还有美丽的世界！"

19岁时，胡哲考进了澳大利亚排名前十五的格里菲斯大学，他不断打电话给学校，推销自己的演讲，被拒绝52次后，他终于"站"

在桌子上，开始了自己的演讲生涯。

2018年，我在上海见到胡哲，他站在不到一平方米的桌子上。那个桌子是他全部的舞台，是他的战场，他在那个窄窄的桌子上，像一个将军，所有听演讲的人都像他的士兵，被他鼓舞，被他感染。

来上海之前，他的演讲已经超过15000场，足迹遍布几十个国家，给全世界几亿人带去了鼓舞和力量。他带给这个世界的影响，不亚于任何一个作家、政客、企业家。

那些听过胡哲演讲的人都说：

> 他让我们这些一直消极对待生命的人，燃起了对生活的希望。
> 而他活跃的范围，自始至终都在一张狭窄的桌子上。

二

人生的价值或许有大小，但真的没有轻重的。

无论生活多么平淡、琐碎、没有意义，无论我们感到自己多么虚无渺小，但依然有很多人，他们跟我们不一样，他们会在琐碎的生活中，在生活的条条框框里靠近伟大，甚至接近神圣。

台湾地区曾有超过5000人提议，要把10元硬币的头像，换成一个卖盒饭的老人。

老人叫庄朱玉女，在台湾高雄卖了50年盒饭。她的盒饭只要10台币，折合人民币2元钱，每天有200多个码头工人排着队去吃。为码头工人做饭50年，庄朱玉女一天没停过，后来因为成本严重超支，她甚至卖掉了家里的7间房子。

她是台湾触摸10元硬币最多的人，她用自己的人生重新阐释了10元硬币的意义。

2015年，96岁的庄朱玉女去世，送葬的队伍排满了整条街道，3000多人自发为她送葬，全都哭得稀里哗啦。

庄朱玉女一生什么也没有，只有善良，只有温暖。她一生做的事，可能还比不上一个企业家一次傲慢的慈善活动，更比不上一个国家一次体恤百姓的政策改变。

但她的人生却是有价值的，她用一己之力，在自己可以用双手点亮世界的一瞬，让她所在的漆黑夜空显得无比明亮，在她照亮的那小片星空之下，似乎没有了鸡鸣狗盗，也没有了饕餮之徒。

三

有人曾经问过我一个问题："人类永远不会缺失的是什么？"我说是贫穷。

不管人类发展到任何时候、任何状态，贫穷是永远会伴随人类的。多数时候，贫穷不是来自不努力工作，而是来自出身的不平等，以及身体机能的巨大差异。

在穷人和富人中间，似乎永远都有一道高墙。

高墙内外是两个截然不同的世界，高墙内，是鲜花和绿草，是高贵和体面，而高墙外，则是贫穷、饥饿、混乱，甚至垂死。

我最敬佩的德兰修女，她终其一生，都在弥补这种高墙内外的差距，她一生没有救助贫穷，只是安慰了贫穷。

1947年，因为战乱数以万计的难民涌入加尔各答，饥饿、霍乱、麻风病和死亡也接踵而至。这一年，德兰修女正式走出修道院的高墙，上街救人。

麻木的官员质疑她：穷人那么多，你救得完吗？德兰修女扳起手指，数给官员看：

我是从1开始的，到现在，我们已经救了100多个人了。

从那年开始，德兰修女一生都在救人，她创办了孤儿院、麻风病院，她救助的足迹遍及全球。

我在某个午后看书时，被德兰修女感动到落泪，完全因为这个小故事。

在加尔各答，有个老人临死前拉着修女的手说：

我是被自己的儿子遗弃的，我一辈子活得像条狗，但现在我却死得像个人。

这个老人是笑着去世的。而让他微笑的原因，仅仅是德兰修女给了他温暖的拥抱。他在拥抱的温暖里，觉得自己是去了天堂。

贫病、垂死、无助，也许我们无法救赎，但温暖可以让一个垂死之人感受温暖。

1979年，德兰修女获得诺贝尔和平奖。她一生没有什么高深的哲理，只用诚恳、服务而有行动的爱，就医治了人类最严重的病源：自私、贪婪、享受、冷漠、残暴和剥削。

她，一个女人做的事，足以让无数政客汗颜。

德兰修女曾来过中国，在北京严寒冬日的街上，她穿着凉鞋、披巾，没有行李箱。虽然德兰修女在全球都有慈善事业，但她一生很穷。去世时，她唯一的资产只有一双鞋子、两件修女服，一件没洗，一件穿在身上。

你说她的一生有没有价值，我觉得特别有价值。因为她安慰了贫穷，安慰了穷人的灵魂。

很多时候，我们总觉得自己过于渺小，能做的太少，但就算一无所有，我们仍然可以爱，可以善良，可以用悲悯的态度面对众生。哪怕从地上捡起一根针，这样的小事也有价值，生命也有价值。

四

历史有时特别有趣，充满许多意料不到的巧合，而构成这个世界沸腾的，不只是那些光鲜的大人物，更多的是千千万万的小人物。大人物引领一个时代，小人物则构筑这个时代的真实。

电影《泰坦尼克号》和《敦刻尔克》中，都出现过同一个小人物，他的名字叫查尔斯，多么平凡的名字。

泰坦尼克号沉没时，38岁的查尔斯是船上的二副，也是船上最后一批逃生的人。

混乱中，查尔斯爬上了一艘载着30多人的救生船，当时小船已不堪重负，眼看就要沉下去。查尔斯赶紧站上船头，让船上的人分成两列，随着船身的倾斜调整位置保持平衡，坚持到天亮，终于等来了救援队。

时间转到1940年，德军绕过马其诺防线，将40万英法联军困在法国敦刻尔克海滩，企图全歼。

但英国政府做了最后的努力，在全国贴出告示，号召平民加入救援。

这一年，66岁的查尔斯已经退休在家，看到告示后，又义无反顾地加入救援，开着自家的小型游艇"日落"号奔向了英吉利海峡。

躲过德军密集的鱼雷和飞机轰炸，查尔斯竟奇迹般从敦刻尔克运回了125名士兵。

那年夏天，有800多艘平民船只，包括渔船、游艇、邮轮，从英国各地涌向敦刻尔克，用了9天，成功救回盟军士兵33.8万人。

如果丘吉尔这样伟大的人决定了那个时代的走向，那查尔斯这样的人则构筑了整个"二战"时代的真实。

五

凡人的生命到底有没有意义？ 100年前，有个人在北京的街道上，遇到大学问家胡适，他问胡适：

你是学哲学的人，像我这样养老婆，喂小孩子，就算做了一世的人吗？这样琐碎的生活，我的人生究竟有什么意义？

胡适时任北京大学校长，他师从老师杜威，刚刚发起了"白话文运动"。他是那个时代的精神领袖，是年轻人的偶像。但面对这个问题，胡适一时找不到答案。

回到家，胡适辗转难眠。他反思了自己的人生，19岁去美国求学，24岁师从杜威就读哥伦比亚大学，26岁担任北京大学教授，30岁闻名中国，但他依然茫然：

难道像我这样教一辈子书，做一辈子学问，人生就有意义吗？

胡适想了很久，最后动笔写了封信给他：

生命本没有意义，你要给它什么意义，它就有什么意义。

胡适没有回答这个问题，这个问题永远都在。100年后，早已山河巨变，但一样的问题还在。

任何时代，都有成就大的人，也有成就小的人，有伟大的人，也有平凡无奇的人。但任何一个生命，都有其自我价值。

当我们将目光定格在每一个渺小而具体的人身上，可以看到，那些奔波在生活里的普通人，也可以看到那些站在讲台演讲的社会名流、企业家、政客。如果只是简单去对比，更多时候，好像我们会觉得自己一事无成，从而觉得自卑，轻易就用流行的社会价值观否定了自己。

其实不是这样的。我觉得，即使你不是政客，不是企业家领袖，不是社会名流，也没有对人类做出什么突出贡献；即便你只是一个好丈夫、好父亲、好儿子，或者只是一家企业兢兢业业的普通员工，拿着一份绵薄的工资，过着朝九晚五的生活。

但这样的人生依然有价值，难道没有成就，就应该否定自己的人生吗？什么是成就呢？也许每个人都需要重新定义所谓的成就。反正在我眼里，我从不觉得一个优秀的父亲，比一个社会名流，比一个政客人生价值少到哪儿去。

大多数时候，所谓价值这个事，无非最后都归于生活的日常，归于平淡无奇的生活，也归于枯燥乏味的人生重复。每个人都有自我价值，也都有自己灵魂，都可以在狭小的空间，自我成圣。毕竟物大物小，各尽其用，有用无用，各自逍遥。

我们每个人都毫无例外，参与和构筑了这个时代的真实。

即使所有人都辜负了你，也愿你被这个世界温柔以待

一

我平生最厌恶的一类人是傲慢的中年，他们的傲慢来自体制赋予的权力，同样来自自己对未来的茫然，以及对他人的人生没有感同身受的冷漠。

如果你问我这辈子最厌恶的一次经历是什么，我一定会告诉你，十年前的一天，我像一只傻鸟站在一群中年男人面前，额头不停冒着冷汗。

"你们这些年轻人就是没有理想，不像我们，我读大学时，理想很宏大，我的理想是当国家主席，你看看你，什么出息也没有。"

这个中年人指责了我足足半个小时。

我站在他面前，像一只呆鸡。他每次傲慢地仰起头，就会从口中吐出更恶毒的话，击垮我仅有的自信。我脑子里一片眩晕，不停地冒着冷汗，我不记得那天我是如何走出那个房间的。

那一天，我真不是去挨训的，我是去面试工作的。我因为紧张，说话结结巴巴，然后这位面试官适时地拿出他的傲慢，对我实施鄙视与嘲弄。自始至终，这个秃掉脑袋的国企科长再没给我第二次说话的权利，我像个做错了事的孩子，等待我的只有训斥和辱骂。

我发誓，我一辈子也不要成为他这样的中年。前一段时间，一个朋友向我提问：如果回到十年前，你最想做的事是什么？我的回答是这样的：

"我想我会告诉那位国企科长：对不起，科长大人，我的理想不是做国家主席。"

二

我发誓这是我真实的想法，不是自己对过去耿耿于怀，也不是因为我个人小肚鸡肠，没有包容之心。

不是这样的，我已经对那位面试官先生没有怨恨，我甚至已经忘记了那张傲慢的脸，还有他那轻视的眼睛。但我真的对这个群体充满厌恶，对一些傲慢的中年人充满厌恶，他们占据社会资源，却从未对年轻人温柔以待，他们习惯性居高临下嘲弄青年。

在生活里，我遇到这种人，都会躲得远远的，因为他们都过于坚硬了，他们过早地让我看到了社会坚硬无情的一面。

参加工作后，我依然能感受到这种无处不在的坚硬。刚工作那会儿，遇到解决不了的事，总会希望有人伸出手帮我一把。

事实证明，自己想多了。只要你伸手向别人请求帮助，就是在向身边的人示弱，一旦向他人示弱，就有可能得到他人的冷漠以待。这个过程是按顺序到来的。更多时候，你向身边的人申请援助，拒绝是常态，而温柔相待倒像是馈赠。

正如19年前，北京的一个小餐馆里，一个中年人对着一个15岁的男孩儿破口大骂，他把自己能想到的各种龌龊话，全部扔给这个15岁的男孩儿，男孩儿站在那里，被骂了足足3个多小时。

起因很小，只是因为这个当服务员的男孩儿弄错了包厢，少送了两瓶啤酒，价格合计6块钱。此举招来顾客辱骂，男孩儿说给他打折，不行，顾客还是继续骂他。男孩儿把能说的好听话都说了，就差跪下了，还是不行，顾客就是要侮辱他。最后男孩儿只好自掏腰包，为352块钱的一桌饭买单，顾客还是不依不饶，继续辱骂他……

从头到尾，这一桌五六个顾客，没有一个人站出来说一句：差不多得了，这孩子也不容易。

男孩儿刚刚进入社会，这个世界从来没有对他温柔相待过。他经历的全是这样的世态炎凉，人心难测。他去餐馆后厨打工，后厨丢了锅盖，大家都怀疑他，把他开除了；换一家餐馆打工，厨师长的小舅子相中了他这份工作，没有理由，就让他立即走人；去打扫厕所，再脏的活儿都能干，老板喝醉了，进来吐了，而小男孩儿正在打扫女厕所。

"过来，过来，明天你不用来了！""为什么？我没有偷懒，我干活认真。""不为什么，就是让你赶紧滚蛋就对了。"

男孩儿现在回忆这些往事，心里还是会恨那些人。尽管后来男孩儿声名鹊起，但他想起这些心酸事，还是会难过，还是觉得很委屈。

"他们为什么这么对我？我已经道过歉了，我把好听的话都说了，他们为什么就不肯原谅我？"

男孩儿叫岳云鹏，成名之前，社会坚硬是常态，冷嘲和谩骂是常态，不公平的遭遇也是常态。

三

还是19年前，另一个男孩儿，因为高中一篇作文获奖，就打算退学靠写稿为生。

结果班主任笑了，他笑话这个男孩儿凭什么可以靠稿费为生。没有一个人站在他身边，最后站在他身边的只有他的父亲，他告诉儿子：

"儿子，很抱歉，我什么都帮不了你，我唯一能帮你的，就是在退学书上签字。"

　　失落的父亲带着失落的儿子回家。从那以后，男孩儿见到的全是社会坚硬的一面。男孩儿想去北京开赛车，没有钱，就把自己所有的版税都用于比赛，先买了一辆赛车改装，然后去参加全国的锦标赛。那些大车队的车手，从他眼前开过的时候，脚一踩油门，嘣嘣啪啪，排气管的声音特别响。他一踩油门，也是嘣嘣啪啪，但那是排气管掉在地上的声音。

　　第一场比赛在上海佘山，男孩儿在第一个赛段就掉沟里了。赛车的第二年，男孩儿积攒起来的几百万版税已经快要花光，但仍没有任何辉煌战绩，开车还老翻车。

　　许多人看见男孩儿翻车，就拼命鼓掌，还有人喊道：再翻一个！再翻一个！

　　有一次，男孩儿在怀柔练车，差点从一座叫"滴水壶"的山掉下去。结果还是有人在鼓掌，说翻得好。

　　这个男孩儿，你猜到了，他叫韩寒，他的名字在中国家喻户晓。可当他如同余华写《18岁出远门》时，这个社会也没有对他温柔相待，给他的全是嘲弄和讥笑。只是自己后来练就一身硬壳，扛过去了。

　　同样都是2000年，两个看似被社会抛弃的男孩儿——岳云鹏和韩寒。同样的2000年，两人不曾遇到，更不曾相识，只是后来都按照不同的人生轨迹声名鹊起。在2000年，两个人遇到的都是世事炎凉的一面，都是冷暖自知的人生。

四

我之所以讲这些故事，就是因为对于每个人来说，人生路径都是不同的，别人走的路未必适合你，别人的经历，也未必适合你去重新走一遍。这个世界每个人都是小人物，小人物的生存艰难。我见过许多内心坚硬的人，我也见过很多内心柔软的人，内心坚硬只是为了保护自己，而内心柔软则是悲悯之心。

对于个人来说，内心坚硬和内心柔软就像硬币的两面，它嘲弄你，也捶打你，愚弄你，也成全你。

柔软的东西构成这个世界的美好，而坚硬构成这个世界的真实。你要能理解这个时代的坚硬，也能够秉持一份柔软，这份柔软是悲悯心，是人性关怀，是根植于内心深处的善良。

我一直特别喜欢作家阿城的一句话。阿城在插队的时候，人生不知道该怎么走。当时一个朋友告诉他，像你这种出身不硬的人，不能八面玲珑，不然别人看不起你，还有可能欺负你，你只能在这个社会六面玲珑，还需要有一个"刺"和"翅"："刺"就是要学会做小动物，要学会用刺保护自己，不要让自己受伤；"翅"，则是学会飞翔，让自己变得柔软起来，拥有安静飞翔的本领，驾驭风暴的本领。

后来，我也慢慢发现生活里，只要能做点事的人，都不能八面玲珑，过于世俗了，就像鹅卵石被人把玩太久，就失去棱角，变得一事无成了。而拥有"刺"和"翅"的人，反倒可以不搭船，便能出海，不乘风，也能破浪。

对于每个人来说，即使这个世界都辜负了你，都在嘲弄你，甚至辱骂你，也愿你被这个世界温柔以待。因为一句话就是一种柔软，一颗心也是一种柔软，一份期待也是一种柔软。

虽然我们这个社会有时候坚硬无比，但我依然希望你的心是柔软的。

虽然我们知道，人人都有坚硬的一面，明哲保身的一面。多数时候，没人陪你并肩作战，也从没有那么多感同身受，但是依然希望你的内心如水一般的柔软。

不管你在外面，在坚硬的人世需要独自背负多少沉重的外壳。不管你在社会如何碰壁，不管你是职场的妈妈，抑或你是职场的铁汉。

但你只要回到家，我也希望你能卸下疲惫，卸下铠甲，卸下防备之心，能拥有一个温暖的拥抱，一茶一饭，有一个美好的梦。

满地都是六便士，总有人选择仰望月亮

—

月亮与六便士，是这个时代，每个人都在谈论的话题。月亮指理想和初心，而六便士则是指现实与生活。很多时候，人们在这两者之间必须做出选择。从前我觉得，只有大人物才有选择。后来才知道，每个普通的人也都有自己的选择。

我们每天睁开眼，就会站在树林分叉的小径前，看到两条路，延伸到不同的方向。都是一样的蜿蜒曲折，一样的充满未知。走上任何一条路，就意味着放弃另一条路，向左还是向右踏出，从此命运将大不同。

生而为人，每个人都必须为自己的选择买单，正如19世纪最伟大的哲学家尼采说的：上帝已经死去，每个人都该为自己的人生负责。

人生最大的痛苦莫过于，选择了不该选择的，放弃了不该放弃的。关于人生的选择，我收集了6个普通人的故事，希望读故事的人，能像照镜子一样从中看到自己，受到启发。

二

世上大概有两种人。一种人毕生选择拥有，拥有财富，拥有名望。另一种人毕生选择有所作为，传承薪火，帮助他人。前者是生活中的凡人，后者是凡人中的伟人。

闻叔的家住在富阳山上的一个小村里，那里群山环绕，山路蜿蜒，上去一趟得花两个小时。

村头一条小径上，晾晒着大大小小、红白相间的几十把油纸伞半成品。顺着小径一直往里走，就是闻叔的家。他总是坐在门口，埋头做一把油纸伞，薄且窄的一层纸糊在竹骨的末端，他握着刷子熟练地上油，再沿伞骨涂上柿子漆，最后再一层层刷上桐油。很快，一把漂亮的富阳油纸伞就诞生了。

闻叔曾是村里第一个万元户，年轻时做毛笔生意，赶上好市场，做得风生水起，赚到人生第一桶金。只要乘势发展下去，他很容易就成为一位日进斗金的商人。

当时谁也不会料到，他突然放弃了生意，钻进竹林，砍竹、制作伞骨、糊伞面，开始做起了父亲传下来的油纸伞手艺。想想看，在油纸伞市场几乎为零的时代，他做出这样的选择，无异于自断前程。

合伙人跑到他的家里劝他，"时代在发展，油纸伞是必将淘汰的东西，你做这个没有前途的"。他听完，只回了句，"传承千年的油纸伞工艺，不能砸在我们这代人手里"。

第二天，闻叔照常去山里砍竹、做伞。为了这个选择，一干就是几十年。

2019年的夏天，闻叔走在杭州的街上，看见一位女大学生，打着他做的油纸伞路过，突然说："看到年轻人撑着油纸伞真是太美了，真是庆幸我当初没有放弃。"

河南郑州，陇海西路的一家瑜伽室内，瑜伽老师洁妞正在拍摄自己的一个教学视频。

视频里的她，穿着黑色健身背心，跪在瑜伽垫上，展示各种瑜伽动作。这些动作，分别有改善抠肩驼背、消除副乳瘦手臂、缓解肩周疼痛等作用。

半个小时后，这个视频达到了66万的点赞。接下来的几天，她收到了很多私信，网友都说这些教学十分有用，都期待她新的教学视频。

作为职业瑜伽老师，洁妞的工作基本都在线下教学，这样的视频分享，是为了能把自己的教学分享给多人。但要是持续更新分享，将要占用大量时间和精力。从2018年10月开始，她的闺密明显感觉到她出来逛街、聚会的次数少了，每次去约她，就看见她又在拍教学视频。闺密都笑话她："放弃这么多娱乐时间，值得吗？"

洁妞说："来瑜伽馆的客户，大多是有钱有闲的人。但还有很多人没这个条件，我能这样帮到他们，值了！"

无论是闻叔，还是洁妞，他们的生活都是那么平淡、琐碎。他们虽然那么普通渺小，却在琐碎的生活中，去努力做一件事，在生活的条条框框里靠近伟大，甚至接近神圣。正是这些细小、卑微的神圣，构成了这个烟火的世界，照亮了市井深处的凡人之美。

三

黑格尔曾说：有一些宝贵的东西作为生活的目标时，生活才有价值。

人生中这些宝贵的东西，不是那些可以用金钱来衡量的物质，而是那些让人一想起来，就感到心潮澎湃的事情。

29岁的生日那天，王生鲜在辞职文件上签下自己的名字，背上包，走出家门。面对他的，是不再有稳定收入的生活和充满未知的星辰与大海。在此之前，王生鲜在北京漂泊了十年，做过文案、策划、剪辑，他每天挤地铁，熬夜做方案，慢慢从一名小员工，上升为一名部门主管，终于迎来事业的爬坡期。

但在迎来30岁的这年，王生鲜突然辞职，放弃了积累十年的职场，重新选择了一条新的征程出发。他说："不是为了逃避什么，只是为了花点值得的时间，做点值得的事情，不负值得的生命。"

辞职以后，王生鲜开始周游世界，用视频记录这些旅程。在色彩饱满的镜头里，他去潜水、滑雪、冲浪，到中欧小镇坐蒸汽火车，到阿尔卑斯山看雪，又从中国南海出发当一名水手，在海上航行25天，远赴太平洋。

在1600海里的航海中，王生鲜拍下一百种天空，并给每一种天空取一个名字：尺素、倾蓝、窈虹、鹊桥、鲸落、明眸、清影、朱颜、西辞……翻开他的微博，签名上写着：承认生活的魔爪，选择世间的美好。

头像里的他，坐在一艘白色的船上，背后是广阔蔚蓝的大海。

"95后"的央央，是一名在所有人眼里都很酷的女孩儿。八一建军节那天，她在朋友圈发了一张在浙江省军区文工团的照片后，所有好友都炸了："哇，你是什么仙女？"照片里的她，穿着笔挺的军装，扎着利索的马尾，素面如水，像是电影里上个时代的文艺兵。

在此之前，酷，是所有好友对央央的固化印象。生活里的她，爱新潮的衣饰，性感的妆容，精致的文身，以及炫酷的Bbox。

以前大家觉得Bbox是男生玩的东西，女生是天然绝缘体。直到央央在网络上传了第一个打Bbox的视频，就产生了意想不到的连锁反应。那条只是抱着弄着玩心态的视频，意外收获了90多万的赞。

更令她意想不到的是，账号里居然有很多阿姨辈的粉丝，私信来说，"我也想女儿像你一样，活得这样率性自信"。

从那之前，央央一直选择做一个不必在意别人看法的人。但从那以后，她的想法突然变了，她说："我要选择去做一个能影响到别人的人，去影响更多本来不自信的女孩儿，不再自卑、不再胆怯，能面向镜头潇潇洒洒地去展示自己的美丽和活力。因为这样，才是真的酷。"

这个世界很多元，人有很多种活法。有的人选择一生做好一件事，有的人选择一生尝试很多事。像王生鲜、央央他们，选择在年轻的生命里尝试更多的活法，通过这些生活方式给更多人传达对生命的热爱。我很庆幸这个时代，越来越多的年轻人，像他们一样，活成了自己想要的样子。

毕竟人生不是仪仗队，不需要走出相同的步伐。

四

人面临选择的时候，总是充满彷徨。很多时候，我们只有知道了自己不喜欢什么之后，才会发现自己真正喜欢的是什么。

杨家成天生有一副好皮囊，是当明星的料。早在2004年，他就发行唱片、出演偶像剧、担任各大品牌的代言人，看起来星途大好。

但在两年后，他的命运突然来了一个急速漂移，他突然从演艺圈消失了。

那时，杨家成亲眼看见演艺圈变成了混浊的名利场，和初心渐行渐远，断然离开。接着，他夹上课件，拿起粉笔，去当了一名英语老师。

在教学的过程中，杨家成教过一位自闭的学生，这位学生刚开始非常抗拒他的英语课。后来他在教学中，结合设计剧情、角色扮演、说唱，将每堂课都讲得轻松幽默。几个月后，他发现这位学生竟热爱上了英语，连性格也变得非常阳光、开朗。他才意识到，原来教育的力量可以对一个人的影响这么大。

从那时候起，杨家成开始用娱乐的方式讲解英语。他说："每个人都需要实现自己的价值，兜兜转转后，我才知道选择教育事业，就是我的价值所在。"

很多人不知道，这世上的珠宝种类，一共有231种。手艺人浪老板曾有个梦想，就是将每种珠宝都做成一件首饰，只做231件。

浪老板在很长一段时间里属于锦鲤青年，他刚毕业就参与了一个上亿的传媒项目，向上的通道瞬间打开。这么好的机会，一般人早就赶紧往上爬了，但浪老板总觉得不是自己想要的，还是跳出来创业。幸运的是创业才一年多，就做到了行业头部，大获成功。

2018年，浪老板在意大利，和当地一位珠宝设计师聊天。那位设计师说，"你们大多数中国人，真的不懂珠宝"。

这句话触动了浪老板，他回去后反思，其实做一名珠宝的手艺人、传播珠宝文化，才是自己真正想做的事情。很快，浪老板选择离开了创业团队，做起了一名珠宝的手艺人。

浪老板每件首饰的创作，都是因故事而开始的。其中有位客户的妻子，在家庭遇到难关时，悄悄卖掉了钻戒来支持他，买了一个假钻戒戴了很多年。后来，浪老板为这位客户专门定制了一款钻戒，让他补给了妻子。

浪老板说："我希望我做的手艺，不仅仅只是一个装饰，更是一个情感的寄托。"

就在他趴在案头，为这些故事做珠宝首饰的时候，他曾经参与创业的那家公司，现在已经估值几个亿了。

生活中，我常看到像杨家成、浪老板他们一样的人，拥有不断做排除法的魄力，放弃那些不想要的选择，最后勾选中自己最想走的道路。从此，一约既定，万山无阻。这个选择的过程，固然充满艰辛，但最终的答案，足以值得为之一生而奋斗。

五

我们这个时代，宛如一个巨大的迷宫，满地都是六便士，诱惑着人们迷失于此，却总有人选择抬头仰望月亮，回到内心的理想之国。

为选择传承油纸伞而放弃商途的闻叔，为选择普及瑜伽而放弃娱乐时间的洁妞，为选择远方而放弃安稳的王生鲜，为选择影响更多人而放弃执念的央央，为选择教育而放弃星途的杨家成，为选择做手艺人而放弃创业项目的浪老板。

他们都是生活里普普通通的小人物，也都是生活中的创作者。他们都选择用创作去记录自己的生活，并乐于在抖音上去展示，去影响更多人。因为创作，让每个普通人不再普通。因为创作，是通过理想之国的隐秘通道。因为创作，是有价值的。

这些价值或许有大有小，但真的没有孰轻孰重。

这些价值，是定格在每一个渺小而具体的人身上。无论是大人物还是小人物，物大物小，都各尽其用，各自逍遥。过去我觉得，创作只是属于艺术家或者演艺明星，我们大多数人只是充当一个观众的角色。后来才知道，其实创作也是属于每一个普通的人。大多数人欠缺的，仅仅只是一个创作的舞台而已。

其实人最难的不是安安稳稳过一生，而是在热腾腾的生命中，让自己的人生充满价值。我始终坚信，在满地都是六便士的时代，还选择仰望月亮的人，都迟早会遇见未来的彩蛋。

清醒的头脑依然是这个时代的稀缺品

这世界最大的谎言：每个人都认为自己能打败孤独

这世界没有一款治愈孤独的药。

—

在中国，很多这样的小人物。在别人眼里，他们也许是个怪物，是和主流价值观冲突的异类；而当你走近他，你会被这种孤独感动，甚至也会被这种孤独感染。

"我从来没有和这些娃娃做过爱。"

这是离尘几年时间内，说得最多的一句话。他是个六旬老人，每天带着一个硅胶娃娃逛街，坐公交车，去旅行。他把这个硅胶娃娃叫作女儿。他年龄过了六旬，多年前，和妻子离婚之后，就住在山里。55岁那年，和最后一任女朋友分手，便不再愿意在人身上付出感情，那实在太伤人了。

他每天一个人回到家里，就会觉得很孤独。直到第一次看到了漂亮的硅胶娃娃，于是，他买回第一个硅胶娃娃，用最好的衣服为她打扮，他坐在沙发上看电视，就把硅胶娃娃放在旁边，陪着他看电视。

他出门坐车，就把硅胶娃娃放在旁边的座位上，他还打算带她环中国旅行，就像疼自己女儿一样。

"娃娃天生不会撒谎，不会背叛，她们比人干净，也比人纯洁，人会尔虞我诈，人会欺骗，她们不会。"

在他家里，他给娃娃买了200套衣服，每天换一套，可以换大半年，娃娃生日的时候，他会做一大桌菜，然后他自己一个人吃。对面坐着娃娃，戴着生日纸帽，只是面无表情。

这是离尘的生活，无论在公交车上，还是旅行途中，当你看到这位老人，你真的会被感染，因为没人能安慰他的孤独，而"面无表情"的硅胶娃娃安放他这个人的孤独，看上去真的好可怜。

而如果我告诉你一组数据，你一定会大吃一惊。在一个记者的调研稿件上，中国生产的成人玩具占据了世界总额的80%。在淘宝上，随意搜索"娃娃"，就会跳出来几百家店铺，每天就会有几万个娃娃在运输途中，她们的终点是一个个孤独人之家。

除去性用品含义，硅胶娃娃一部分是用来满足精神需求。中国已经是目前世界最大的硅胶娃娃生产国。这背后隐藏着的，我看到的全是一个个城市里，孤独人之脸。

二

这个孤独感不单属于离尘这样的老人，还属于年轻人。我经常在深夜打开手机，和一些年轻朋友聊天，他们会讲述自己不想恋爱，但是无比孤独，他们觉得恋爱无法解决内心的孤独。

更多时候，年轻人想要的不是爱情，而是陪伴，有人说说话，有人陪着看电视。电视也可以不看，就是听听声音，有点人声就行。

他们不想跟人产生太多的感情纠葛，虽然对爱情充满期待，但是觉得爱情真的好麻烦。他们宁愿用一个硅胶娃娃来陪伴自己，也不愿意走入一段爱情。

看上去，他（她）们真的是孤独的年轻人。在网上嘻嘻哈哈，看上去一点都没正形，但是你走近的话，就会发现，他们肉体里住着一个孤独的老灵魂。

三

你也许会说，这些讲述的故事都是普通人的故事。其实不是这样的，孤独感和贫穷、富足没有关系。即使贵到天之骄子，富足到商人大贾，孤独感依然是存在的。它属于每个人。每个人都用尽一生，在驱散这种孤独。

生活里，我认识一些人，如果从物质来说，他们可能是当下中国14亿人口的前5%。他们常年出行，都可以坐头等舱去另一个城市，下飞机的一刻，永远都有一辆劳斯莱斯像士兵一样等待他的到来。对于普通人来说，一生都无法进入的场所和社交邀请券，在他的抽屉里冷冰冰地堆积。

有一次，我去看望一个富商朋友。我径直走入他的院子里，院子里的花木错落有致，池中的金鱼自然游弋。落过一场雨，院子里树木苍翠。而当我准备进门时，透过别墅的玻璃窗，看到他一个人坐在沙发上沉思。

我没敢打扰他，一个人坐在院子里的长椅上。一个小时后，当我准备拉门进去，发现他依然面无表情地坐在那里。跟半个小时之前，保持同样的姿势，像一块石头。

那一刻，我觉得他好孤独。

他需要应对生活里各种人际关系的平衡，需要认真对待每一个人，在任何聚会的场合，他都需要保持幽默，并富有魅力。但是这些场合之中的他，是真实的吗？有几分是来自表演，几分来自日常的反馈？

我永远忘不了这位朋友坐在沙发上，一个小时保持静止的样子。

当聚拥的人群散去，把他孤零零扔在一个独立的空间里，他的孤独和我们一样，没有不同。他一样需要独自面对麻木的生活，在那个空间里，用面无表情独自对待内心的苦难。

后来，我写下一首诗，其中两句是这样的：大雨滂沱，我们都在陆地享受同样的孤独。

我们身份有别，地位有别，作为人，却有着同样雷同的孤独。

四

即便是我喜欢的好莱坞巨星《黑客帝国》主演基努·里维斯，全世界影迷都赞美他，赞美他的随意、谦逊、善解人意、灵魂高贵。

他有太多的钱，拍《黑客帝国》的续集，里维斯的片酬是1.14亿美元。而里维斯的举动足以让世界影迷震惊：他想都没想，觉得钱太多了，就把其中的8000万美元，分给了片场的工作人员，并送给12个替身演员，每人一辆哈雷摩托。

作为大明星，他经常一个人坐地铁，有时别人也会拍到他在地铁上给女性让座，别人把这段视频上传到推特上，就会立刻获得许多人的赞美。他在生活里随意，没有绯闻，也不躲避"狗仔"的拍摄，常常衣着邋遢地骑着一辆摩托车，在影迷眼里，他是平民明星，有着高收入、高身价，却又如此平民化，让人羡慕。

但是知道他的人生经历后，我一样会感受到他的孤独。

在幼年时，他的生父入狱；29岁时，他最好的朋友猝死；35岁时，他女儿出生，死胎；39岁时，他妻子在车祸中丧生。从此他只与妹妹相依为命，而他妹妹，被查出得了白血病。

他的大部分亲人都离开了这个世界，他成了孤家寡人。没有家人，就没买房，一个人常年住在便宜的汽车旅馆里，经常在租房子、搬家，看上去像一个流浪汉。

挣了很多钱，因为没有家人，他也不知道该和谁分享。过去20年，他经常一动不动地坐在街边。

2014年9月2日，基努·里维斯坐在街边，一个人玩着手机，身边摆着一个咖啡色小蛋糕，小蛋糕上插着蜡烛。陌生的游客走过来，向他问路，惊讶地认出他是《黑客帝国》的主演里维斯。里维斯邀请游客坐下来，与他分享这个蛋糕，那天是里维斯47岁生日。

就是这样一个影视巨星，连生日都没人陪伴，最后只能与陌生人相逢。

这该多么孤独！

我们大多数人的人生，其实很孤独。今生今世，似乎只能与孤独为敌为友，也打算在雪地里，度过漫长的一生。即便是里维斯这样的大明星，一样会独自坐在街头，面对这么多内心的苦难。

五

也许这个世界唯一不会让人落空的只有孤独。但凡一个人，你独自面对内心山河时，都是孤独无奈的。即使一个年幼的孩子，看上去应该天真而无邪，应该充满能量和不假思索的快乐。

但有时候，不是这样的，孤独感依然会袭来。2017年的夏天，在重庆的一家火锅店里，一个七八岁的小男孩儿，背着书包，跑去说要吃火锅。店员问他大人什么时候到。结果小男孩儿说，我一个人。

然后店员就看着这个小男孩儿，坐在露天靠边的位置，一个人孤独地吃火锅。他坐的是四方桌，每方都有一条塑料凳，他就每个座位都轮流坐一下，围着桌子转圈吃。火锅店越是人声鼎沸，这个小男孩儿就越显得孤独。

在北京西城区的一所老年大学，有很多老年人学英语。你很难想象，这里学英语的人群里，年纪最大的84岁，最小的52岁。有曾经抗美援朝的老兵，也有不少退休在家的机关职工。他们9点上课，很多人5点钟就要起床，6点钟出门，要坐77千米地铁才能穿城到达上课地点。

刚开始，教课的老师都以为他们是为了"活到老，学到老"，不服输，要学习新技能，过好晚年幸福生活。后来发现，其实不是这样的。老人只是形式上是在学英语，今天刚学过，明天就忘了，他们只是用学习的方式，来对抗内心的孤独。

最令人想不到的是，其中一位老奶奶，在这里整整学了10年的英语，并打算一直学到学不动了为止。而她学的英语，在生活里，几乎是没有用武之地，学英语只是打发余生。

在中国，你常常看到这种孤独的个体存在。父母、孩子、朋友、同事、偶遇的人、路过的人、错过的人，他们无一例外，都有着各式各样的孤独，也采取了各式各样的方式抵御孤独。但在孤独面前，他们无比脆弱，这就像一场旷日持久的拉锯战。

六

在过去几年，有很长的一段时间，我每天翻看微信、微博，看到爆炸的信息，看到每个人都在说话，但每个人的心声，都找不到人接受与回应。

更多的事实，每个人都在说话，而每个人都很孤独。每个人都像一枚小行星，孤独地飘在浩瀚星空，你能看到其他行星的运转，但始终无法看到一颗行星碰撞另一颗行星。你这颗行星也无法走进另一颗行星的生命。

信息的爆炸，终于让过去那个沉默年代荡然无存了。

后来，我又慢慢发现，只要是中国人，大家凑在一块儿，都有笑语欢声，不论是知识分子，还是商人大贾，不论是流浪汉，还是街边的拾荒者。

但是当只剩一个人的时候，你只要耐心观察，他们都会面无表情地坐在车里、坐在办公室里、坐在沙发上、公园的长椅上，每个人的脸，看上去，特别孤独。

我会诧异，中国是有那么多节日的国家，有那么多的庆典，我们是特别喜欢群体欢乐的民族。热闹的时候特别喧嚣，但一散场，立刻就会冷清。每个人脸上都带着狂欢后的空虚表情，像下雨天被溅了一身泥一样落魄。

我也曾试图打败孤独，去人群中说话，逼着自己表达。以为这样就可以抵挡孤独，打败孤独。

后来我发现孤独跟国家、民族、地位、身份、性别通通没有关系，只跟具体的一个人有关系，只要是人，你就会孤独。慢慢我明白了，我永远打不败孤独，只能与这份孤独签订一份体面的协议，尽量利用这种孤独，不要让孤独伤害到自己人生。

终有一天，我会告诉肉身和灵魂的孤独，告诉它：

我不怕你，欢迎你，我一生的朋友。

我喜欢这样的灵魂

—

78岁的鉴宝专家蔡国声没有想到，因为一段视频，他在网上被推到风口浪尖上。视频里，个头不高、两鬓花白的蔡国声言辞激烈，声讨一档叫《齐鲁寻宝》的电视节目。

2018年10月，蔡国声被邀请到山东录制《齐鲁寻宝》，一起被邀请的，还有另外六位专家。

在鉴定一尊青石雕释迦牟尼像时，有着多年文物鉴定经验的蔡国声，一眼就看出是现代仿制品，其中一位本地专家一口咬定这是明代的，另外五位专家则一声不吭。

休息时，蔡国声把那位专家叫到一边，给他讲如何判定藏品是赝品，那人一言不发。

下午，主持人又送来一个花口瓶、一件玉猪龙，蔡国声又看出两件都是赝品，正要说话，而那位当地专家坚持说，是价值连城的宝贝，蔡国声觉得事有蹊跷，当场善意提醒，却遭到无视。

直到那个专家把一件几百块钱的花卉瓶，说成清代"官仿官"价值几十万元的真品时，蔡国声终于忍不住，愤然大怒：

你们到底安什么心？怎么能如此混淆黑白！

他摘下耳麦，愤然离场。

事后，冒着被打的危险，蔡国声找人录视频，在网上曝光了鉴宝骗局，他说这起鉴宝有着不可告人的目的。

蔡老先生被誉为"鉴定之父"，一直是中国鉴定界领军人物，"文革"中被划为"黑五类"后，苦练书法，成为书法家，后痴迷浩如烟海的古玩文物，40年如一日，坚守着文物鉴定者的本分，不弄虚作假、不混淆黑白，于是才有了一世名誉。

当别人弄虚作假时，78岁的蔡先生浩然正气，知行合一，君子风范。按理说，一个78岁的老人干吗还要得罪别人啊？尤其是现在，一个名人三年学会说话，终生学会闭嘴，就可以名利双收，干吗要揭别人的丑陋啊？

而蔡先生偏不这样，当所有人都装"瞎子"时，他就要站出来说话，就要得罪别人。以自己内心的明亮去照别人内心的黑暗，以自己内心的坦荡去照他人内心的不堪。

我喜欢蔡老先生这样的灵魂，如果像蔡老先生这样，在大是大非上"斤斤计较"的灵魂多了，社会上的龌龊自然就会少了。

二

胡适说，怕什么真理无穷，进一寸有一寸的欢喜。

蔡老先生执意曝光鉴宝骗局，让我想起那位网络名人花总。

2011年，温州发生重大动车事故，花总随意浏览新闻时，发现某领导腕上的手表，是价值六七万的名表，他突然萌生一个念头：是不是可以通过鉴表，推动官员财产公示？

不久，因为花总的曝光，"戴过五种不同款式名表"的陕西省安监局局长杨达才，被免了职。

2012年，花总又发现一家叫"世奢会"公司的骗局，他把自己的调查发到网上。很快，他就收到恐吓信：

"不要断人财路，否则就给你一刀。"

花总不信邪，就要战斗到底："就算明天不再有观众，我也要尽最大的努力让骗子受到制裁。"

花总接连发了一系列揭露文章，引起《南方周末》和《新京报》的关注，两大媒体随即发布报道，彻底撕开了"世奢会"的骗局。

2014年10月，北京三中院开庭审理此案，庭审赢了以后，花总刚走出法院，一个陌生人走过来，迎面就打了他一拳，花总好不容易坐上车，才逃了一劫。"那些人太胆大了，在法院门口都敢动手。"

可正是花总这样的人，因为对社会丑陋斤斤计较，民政部最后对外公布："世奢会"乃山寨社团。花总赢了，但"仇家"到处找他。他不敢回家，最后只能住在酒店。

住酒店期间，他又无意发现拿脏毛巾擦杯子的保洁员。他很吃惊，杯子是用来喝水的，怎么可以这样!

花总很无奈:

> 为什么中国许多行业，一出现问题，首先想的不是解决问题，而是先要解决发现问题的人。

虽然受到各种威胁，但花总并不后悔自己的人生选择。母亲生病时，花总说了一段话，让人感动:

> 当突然发现父母已经变老，而有些事情，你却一直都没有去做，那时候你就会觉得，还是要有一个不只是为自己的生活。

花总选择了为众人抱薪，为世界点一盏灯，照一点光。"我不是要做公知，也不是要做斗士，我只想做一名有担承的互联网公民，这个公民有底线、讲良知。"

少年时，花总的理想是做驾着七彩祥云的孙悟空，有敢于踏南天、碎凌霄的壮志豪情。

我敬佩花总这样的灵魂，就像他的偶像孙悟空一样，有一个人对抗黑暗的勇气，也有一个人为社会的担当，更有胡适先生说的大胆假设，小心求证的严谨品质。

他就要做那黑暗的地方里的那一点光，用自己内心的光亮照亮他人内心的光亮，用自己的良知唤醒他人内心的良知，用自己的勇气唤醒沉默者内心的勇气。

相信他终会驾着彩云回来，"我要这地，再埋不了我心。我要这天，再遮不住我眼"。

三

浙江有一个普通爸爸魏文峰。

2015年春天，开学前几天，魏文峰给小学二年级的女儿包书，塑料书皮散发的刺鼻味道，让他警惕起来，做了16年的产品检测，直觉告诉魏文峰，包书皮肯定有问题。

当天，魏文峰到女儿学校附近的几家文具店，买回7种卖得最好的包书皮，发现那些包书皮，基本都是"三无"产品。

于是，魏文峰自掏腰包，花9000多元，把7种包书皮送到了质检中心，检测结果令人咋舌：7种包书皮，无一例外，都含有大量致癌物。

一想到这些包书皮可能会伤害全国几千万学生，魏文峰坐不住了，觉得自己必须做点什么。

魏文峰发微博、四处打电话，去找当地教育局、质量安全监督局，得到的答复，永远都是"这个事情不归我们管"，他又去找文具厂商沟通，还是没有得到任何答复。

魏文峰只好自己找钱组建评测团队，决心以普通家长的名义，跟"有毒的包书皮"死磕到底。

魏文峰找来一个导演，自掏腰包花10万元，把自己给包书皮做检测的过程，拍成了纪录片《孩子课本用的包书皮有毒么》。

纪录片一出来，很快就被CCTV、《人民日报》等各大媒体转发和报道。至此，"有毒的包书皮"全部被曝光，中国家长把魏文峰称为"浙大硬核老爸"。

"浙大硬核老爸"一不做，二不休，大智大仁大勇，"虽千万人，吾往矣"。他又自掏腰包100万元成立了一个基金会，这笔资金全部用于保护儿童健康，专门用于检测儿童用品。

产品检测是一件得罪人的事，遭受了很多威胁，甚至有一个厂长带着几个大汉跑到魏文峰公司，"如果学校的订单没了，我们全厂300个工人都没饭吃了，到时候你给我等着"。这样的事，四年里，从未断过。但回想自己做的事，他并不后悔，他觉得很值得。

> 其实哪怕是再微不足道的人，都能发一寸光，都可以做到若世间无炬火，我便是炬火。而对我们更多人来说，能少做懦夫，就多做勇士；能表白一下真我，就少戴一次假面。哪怕一无所有，光着脚，只要真诚地专注于一些有价值的人与事，这个世界就不会在我们的眼前轰然倒塌。

四

2006年3月21日10点03分，一个理着阿甘式发型的青年人，坐在原告的位置上，开口说的第一句话是：

审判长，通知开庭时间是10点，被告迟到，我是否能得到一个合理的解释？

审判长看了他一眼，书记员这才跑出去大声叫：北京地铁公司！北京地铁公司！

原告叫郝劲松，一个总以四两拨着千斤的"刺头儿"，在过去三年里，他总以"螳臂当车"的方式，一个人起诉着一个个庞大的机构。他以一个公民的身份打着许多人觉得毫不重要的官司。

郝劲松坐火车买了瓶矿泉水，一块五毛钱，他跟列车员要发票，列车员笑了："我们的火车上，自古就没有发票。"

郝劲松没多说什么，回去后就把当时的铁道部和国家税务总局告上了法庭。

现实生活里，许多人在强大的机构面前，除了服从以外，别无选择。还有许多人，认同了规则，心里也觉得这些事实在太小，微不足道。许多人也许会说，天啊，这个人太没事找事了，这只不过是一块五毛钱而已，何必如此计较。

　　但郝劲松就觉得很重要，一块五毛钱一瓶矿泉水的发票，你
觉得这事太小，但郝劲松就觉得比天大，他最终赢得了这场官司。

这叫什么，这就叫尊严。

尊严就是你该有的权利，宪法赋予你的，你在乎它，你争取它，
你获得它。人生的很多事，你可以不计较，但在权利上，你必须计
较，而且要斤斤计较。

　　现实生活里，大部分人一边讨厌特权，一边又渴望特权，
因为那意味着便利。大多数人只有在遭遇不公的时候，才会想
起公正的价值。

　　1955年，当黑人裁缝帕克斯乘坐公交车时，她坐在白人划分的
"灰色地带"，而当白人男子要求她必须让座时，帕克斯这个底层黑
人女性偏偏倔强地坐在那里一动不动，后来她被捕了。用她的话说：

　　我只是讨厌屈服！

那是美国种族歧视的年代。但帕克斯这个底层女人，却唤醒了
许多黑人的内心。

50年后，在帕克斯葬礼上，同为黑人女性的美国国务卿赖斯说：

"没有她，我不可能站在这里。"

她只是不想屈服，却让整个世界为她改变。

五

在斤斤计较这件事上，我最敬佩的是清华老校长梅贻琦。

1937年，西南联合大学成立之初，所有人一致推荐谦谦君子梅贻琦任校长。西南联大成立初期，校舍是茅草房，经费严重不足。当时"云南王"龙云在财力、人力、物力上给予西南联大极大的支持。西南联大自由开放学术氛围的形成，也离不开龙云的支持和保护。

后来，龙云的女儿想进西南联大读书，龙云托人跟梅校长打招呼，希望能关照一下。梅贻琦说："想成为联大的学生，我们欢迎。但必须考试合格。"

不久，龙云女儿参加统一考试，成绩没达到录取分数线。尽管龙云位高权重，又事先打过招呼，但梅贻琦就是不同意龙云女儿入学。

这件事让龙云很恼火，军阀出身的他认为梅贻琦不给他面子。

梅贻琦很清楚，龙云位高权重，对西南联大有功。但是，一码归一码，升学一事，与"面子"无关，情分是情分，规矩就是规矩。

后来，有人告诉龙云，其实那次统一入学考试，梅贻琦的小女儿梅祖芬也参加了，但因为差了一分，梅贻琦一样没同意女儿进入西南联大。

梅贻琦没有让龙云的女儿上西南联大，这是原则，这叫公事公办；但他曾在龙云提出请求后，让潘光旦去给孩子补课，这是情分，是私德私报。

在私德上斤斤计较，是小气，在公德上斤斤计较，是本分。但这个时代，在本分面前，"大度"的人，越来越多，"斤斤计较"的人越来越少。

我敬佩梅贻琦这样的灵魂，如果梅校长这样的灵魂多了，那校园的脏事就会少很多。

六

我始终相信灵魂是有味道的，炙热的、跳动的、滚烫的、干净的、圣洁的，带有独特味道的。人会死，但灵魂不会，肉身死去，但灵魂终会从另外一个世界凯旋。

相识的人也会离去，但灵魂终会用另外一种方式回到你的身边。

在过去的时间里面，总有一种灵魂会不止一次地打动我们，他们与时代对峙，他们不讨好这个世界，也不让这个世界讨好他们，他们孤单，他们讨厌屈服，他们螳臂当车，他们不死不休。

他们灵魂总会在某个瞬间，足以震撼所有人，让这个世界的精神不至于轻易轰然倒塌。

很遗憾，清醒的头脑依然是这个时代的稀缺品

我不爱批判，批判对了，别人会说你刻薄；批判错了，又会误伤他人。一冲动，一脑热，每个人都很容易从旁观者变成审判者，情不自禁往别人身上扔石头。

综合这些年发生的事，觉得应该写篇文章说一下。

—

2012年9月，一群狂热的人遍地寻找假想敌。

这天，一个女孩儿身穿汉服，到餐馆吃饭。刚刚坐下，一群不理智的人冲过来，大声地叫嚷：

"把衣服脱下来！"

在众人胁迫之下，女孩儿大哭，在厕所将汉服脱下。然后众人将"战利品"烧毁，仿佛赢得巨大的胜利。这是一场人群的狂欢，是一群小人物的狂欢。

大哭的女孩儿这才明白，原来他们把汉服当成了和服。

当一种情绪无止境高涨时，而后一切丑陋的东西便会走来，历史往往会被乔装打扮得面目全非，听起来又无比荒唐。

1789年7月，巴黎市民起义，他们握着长矛斧头，呐喊着攻下巴士底狱。

市民攻陷监狱后，监狱长不小心踢到一个群众。立即有人提议，被踢的人应该马上割开监狱长的喉咙。狂热的市民一致赞成，随后便是热烈的欢呼。

而事实上，那个被踢的人并不想杀人，他平时的工作是一家饭店的厨子，只是跟着大家一起攻进来的。但由于享受到大家的欢呼，他便认为割下监狱长的头颅并非犯罪，而是正义，代表正义。之后，他从口袋里掏出一把刀子，最后割下了一个完整的监狱长的头颅。他赢得所有人的狂欢，这狂欢让他雀跃，也得到内心巨大的满足。

当愤怒的人群山呼海啸时，人人都是那个拿刀子的厨子，迷失在群众的欢呼中。

二

古希腊，苏格拉底有一次上课，他掏出一个苹果，问在座学生：有谁闻到了苹果的香味？

说罢，一位同学举起了手。苏格拉底走下讲台，举着苹果从每个学生面前走过，并叮嘱："请大家仔细闻空气中的气味。"

回到讲台，他又重复刚才的问题。这一次，其余学生都举起了手。

最后，苏格拉底说："这其实是一枚假苹果，什么味也没有。"

几千年过去，并没有发生太多的变化。当一个人仰望天空，注定会有十个人一起仰望天空。当一个人指鹿为马，注定会有更多的人加入指鹿为马的队伍，当一个人置身于黑夜，那这个人注定会认同黑夜。

勒庞在经典著作《乌合之众》中说：人一到群体中，智商就会严重降低，为了获得认同，个体愿意抛弃是非，用智商去换取归属感。

三

这还不是最可笑的，最可笑的是当一些人没有智商的时候，就会沦为拙劣商人镰刀下的韭菜，我对这些商人一直充满鄙夷和厌恶，特别是一些从事文字的小商小贩。他们习惯性将一件事掐头去尾，编一个纯虚构的故事来收割流量。

2019年2月，一批营销号发了三张照片，声讨崔永元23年前的节目《实话实说》，说找假人当观众。然后一堆大众扎堆批判崔永元，"对着假人实话实说""难怪得了抑郁症，活该"……

其实这件事是1996年，那期《实话实说》节目叫"谁来保护消费者"，讨论的是打假话题，节目组刻意在观席放假人模特，来呼应这个话题。一个很好的节目创意，23年后却被流量商人翻出来，掐头去尾，然后收割集体网络攻击。

这很滑稽，滑稽的事不止这些。

2018年10月28日，重庆公交车坠江，不少人在不明真相时，就疯传是女司机逆行引发。随即，网络上全是声讨谩骂，"该判死刑""一个人死就好了，干吗连累那么多人"……

下午真相发布，女司机正常行驶，没有逆行。可是，又有营销号爆料，公交车司机凌晨K歌导致开车时睡着，引发事故。网友又把公交车司机骂得死不瞑目。

最终，黑匣子视频公布，之前的一切都是造谣。

我平生很厌恶的两件事，没有信仰的博学多才和充满信仰的愚昧无知。前者没有悲悯心，对生命没有敬畏，什么事都能做出来。而后者，更令人感到可怕，因为愚昧却被信仰裹挟，就会变得狂热，像一些国家的恐怖组织，可以拿着武器对着平民开枪。

四

对于我们而言，洞察谣言更像一种智慧，而清醒的头脑依然是这个时代的稀缺品。很少能够见到一个人能够拥有这样的品质：

洞悉是非真伪的智慧和独善其身的果敢。

这真的很难吗？并不难啊。

当得知一个信息时，拿两把筛子各筛一次，就可以啊。

第一把筛子是真实，这个信息是真实的吗？仅仅是从街上听来的，或大家都这么说的。道听途说，距离真相很遥远呀。

第二把筛子是善意，这个信息是善意的吗？这个信息背后的人目的是什么？

任何信息这样过滤一遍，就能避免80%的误判。

拥有独善其身的勇敢难吗？也不难啊，无非用这三个标准要求自己。

1. 不让偏见和个人的利益来影响判断、左右观点。

2. 保持好奇心，拥有好奇心，自然会拥有怀疑的态度。

3. 等待，别急着加入狂欢者的队伍，等待有充分的时间来查考事实和证据后，才做判断。

这些真不难啊，可对于许多人来说，这显然是太难了。多数时候，我们习惯性在不该流泪的地方流泪，在不该感动的时候感动，在不该愤怒的时候愤怒。许多情绪，都是毫无来由的爱恨情仇。

五

我一直喜欢1944年的一张照片，将这张照片洗了无数张，送给我身边的每一个朋友。而我每次看到这张照片，都会对照片里的那个人肃然起敬。当时，希特勒下令以"纳粹礼"取代军礼，这个动作要高抬右臂45℃，手指并拢向前。"二战"时，希特勒前往汉堡造船厂视察，现场所有人对他敬出"纳粹礼"。

在这个黑压压的人群中，只有一个人特别显眼，他双手抱肩，不仅不敬礼，还一脸不屑。

这个叫奥古斯特·兰德麦塞尔的人，生前是一个不起眼的小人物，1944年死在了巴尔干半岛，直到1991年，这张照片被公布时，全世界的人都对他充满深深的敬意，因为黑压压的人群中，只有他一个人怀疑了一个时代。

他拥有伟大的头脑，完全来自一个人对抗一个时代的清醒，并有勇气蔑视权威。

当大众潮流都往一个方向奔泻时，任何一个敢于往回走的人，或者任何一个敢于站在原地者，我认为都堪称伟大。

或许在某些时刻，我们只有不追着潮流走，才能保留一点尊严。我们只有不参与审判，才能保持一点平和。我们只有不被裹挟，才能保留一点清醒。

体面的中年，可以打败时间

—

中年是个舆论热点话题。看得太多，不想聊，也懒得聊，今天抽时间聊一下。

许多人眼里，中年是三明治，上有老，下有小，只能在夹缝中求生存；中年也是舆论场上的靶子，只要把蘸着毒液的箭往靶子上射，总能正中靶心；中年又是小区外的电线杆，站着不动，就会被人拿着蘸有唾沫的小广告，胡乱贴上各式标签。

中年是个尴尬的年纪。代表一种上不接天、下不接地的形象，一边向生活卖笑，一边努力自嘲。总想试图抓住青春的尾巴，结果却发现青春原来是只壁虎。

有时候，真替中年人感到委屈，被贴的标签越来越多，身边的许多中年人最后连反驳的力气都没有了。

要我说，这些标签没一个是应该属于中年人的。中年人唯一的标签就应该是体面。

歌手李健曾经说过："我觉得一个40岁的人，变得大腹便便，开始秃头，肆无忌惮地光着膀子上街，这是我非常忌讳的。人可以变老，但要老得体面一点。"

一直很想替中年人说几句话，主要源于自己的性情，一种看不惯就要跳出来拍砖的危险情绪。中年这个群体从来不需要被脸谱化，有些豁然与明辨，是人到中年才能获得的智慧。有些回望与自省，是步入中年才能剥开的迷障。

二

2019年第一天，高晓松发了一条微博，宣布《晓说》和一切视频节目，都将于2019年4月彻底结束，无数"粉丝"惋惜不已。

《晓说》2012年3月开播，主讲人高晓松是一个皮糙肉厚、身材走形的中年男人，他是个"知道分子"，上知天文，下知地理，摇一把纸扇，能侃，能聊。

很多人喜欢高晓松，也是被他的渊博学识和个人魅力吸引，但在事业走上峰值时，他选择抽身而去。这是需要勇气的，好多过气明星天天还恨不得搞个大新闻。

很多人好奇，高晓松不说脱口秀，要去干吗呢？

他给了大众答案：开图书馆。

他开的晓书馆是一处武装到牙齿的文艺青年阵地，最重要的是，晓书馆还是一家向大众免费开放的公益图书馆，只要是做公益，我就愿意帮他吹，这事对大家有好处，帮他吹，不丢人。

高晓松最敬佩的人是马未都，称他为"马爷"。作为中国文物收藏界的神话人物，马未都创办了中国唯一不花国家一分钱的博物馆——观复博物馆，馆内随便一个藏品，都是价值连城的古董。但在2010年8月，马未都公开宣称：新馆正式建成后，我要将所有的东西全部捐出，一件不留。

"裸捐"一出，所有朋友都来劝，但他心意不改："我的钱够花了，再多也使不上，文物给我的快乐也到头了，那么这些文物应该让更多的人来分享，这肯定比家里藏着更有意义。"

马未都曾说：人生有三个阶段，第一个阶段趋利，第二个阶段趋名，名利有了，第三个阶段就是安放灵魂。

这段话，对我个人很有启发。这些年，我也见过不少中年人，有名的、没名的、有钱的、没钱的、做生意的、当官的，各式各样的中年人。他们常常的状态是年龄越大，越觉得迷茫。一说人生，就有一种尘埃落定的沧桑，除了名利，其他一概不再追求。

聊天的话题，除了房子、车子、孩子、女人，其他一概不聊。到了中年，做了无数件事，大部分都是做给别人看的，却没有一件是做给内心的。他们把身边所有人都对得起了，就是没对得起自己内心。这种中年人，我是既同情又看不上。

心理学家荣格说："只有抛开对外物的追求，才能达到灵魂的所在。人若找不到灵魂，必将陷入空虚的恐惧，而这恐惧将挥舞长鞭，驱使他绝望盲目地追求空洞的世事。"

人至中年，我觉得应该明白一个道理：

> 人生中的许多追求，有些是填给嘴巴的，有些应该是填给灵魂的。人一辈子不是为了挣多少钱，走多少路，而是为了活得明白，活得通透。人生最宝贵的两样东西：一是生命，二是灵魂。老天给每个人一条命，不长，就几十年；也给了一颗心，不大，就二两重，我们能做的无非就是把命照看好，把灵魂安顿好，这样的人生就很牛了。

三

"同样是坐地铁，窦唯是仙，而老狼是道。"这是网友调侃老狼的一句话。

2018年，老狼去坐地铁，有人就把照片发到网上。照片中的老狼，就像是地铁上任何一个普通的中年男人，狼头狼脑，头发花白。很多人都在感慨：那个曾经唱着《同桌的你》的老狼，怎么沧桑成这样了？

这些年来，老狼一直在远离人群生活。除了音乐，他把更多的时间放在了生活本身，要么出去旅行、爬山、探险，这是他从小的梦想，为此他去过非洲，还登过珠峰，爬过乞力马扎罗山；许多人不知道这事，因为他不爱炒作。要么就在家看书、听音乐，他有很多藏书，熟悉他的人都知道，他还对非虚构写作富有兴趣，并长期帮助独立音乐人解除疑难杂症。

我们这时代，常见的风气就是大家都太正确，都憋着一股劲儿往一个方向跑，都喜欢用同一种主流的价值观来打量别人。反倒像老狼这样屏蔽自己、跟大众不那么黏糊的人，显得十分另类，也让我觉得十分可爱。

高晓松说："看了老狼我会觉得，自己还是应该多发呆、多读书，让自己内心有一些真实的、清澈的东西。要是没他拽着，我更不知道在名利场里打滚，我会成个什么样了。"

音乐圈里，同样另类的还有朴树。

2003 年，事业将要到达最高峰的朴树，突然消失在公众视野里。不商演，不接受采访，一沉寂就是 10 年。

外界纷纷质疑：感情问题？家庭问题？抑郁症？最大的声音是："江郎才尽了吧？"

朴树始终不曾做出任何解释。

他卖了市里的房子，在北京郊区租房住，把手机关了，远离喧嚣，过起了隐居生活。

很长一段时间，他几乎不见人，不和人交流，一整天自己待着读书、写歌。

不少人骂朴树矫情，他也不是很在意："我会尽量去解释别人对我的误解，如果解释不了，那就只能这样吧。"

要我说，名人被大众误解是常有的事，越是不被大众误解的名人，我倒觉得很有问题，很可疑，因为太不真实。2017年4月30日，朴树时隔14年回归大众视线，发布新唱片《猎户星座》，有乐评人发文："在人们视野中消失10年，仍让人无法遗忘的歌手，恐怕只有朴树一人。"

印度灵修大师奥修的一句话："一个人到了50岁之后，应该要把自己的目光转向丛林，远离人群、社会与市集。"

> 跟自己相处没什么不好，真没必要非要跟大家搅在一起，最后互相谁都瞧不上谁，何必呢。敢于远离人群，学会与孤独相处的中年人就很体面。一个人贴近自然了，就能够思考得深一点。没必要那么浅薄。世界上99%的人跟你的生命都没有关系，强扭在一起，多烦哪。与自己相处，能够安心享受孤独的乐趣，这相当体面。

四

我特别讨厌大家爱说的一句话，说人生是独特个性逐渐消失的过程，好像我身边不少中年人对这句话表示认同。他们认为，年轻人可以熊，老年人可以犟，唯独夹在中间的中年人，必须循规蹈矩，活得正确且正常。

我却认为这句话非常扯淡，中年人虽然大多被生活覆上了青苔，但一个体面的中年人生，在青苔之下，棱角永远不会磨灭。

这也是我所理解的体面——人至中年，更应该崇尚独立的人格和尊严，有不随大流的态度，时刻保持灵魂的自由与干净。我从来都认为，人格独立这件事，应该是一个人一生的大事，不然活得跟动物有什么区别。

五

相声圈里，与郭德纲相比，我更喜欢于谦。

2017年，我去看围炉音乐会，黑豹乐队唱了首 *Don't break my heart*，主唱张琪在台上摇滚，唱到一半，突然来了句："欢迎谦哥！"

当时吓我一跳，说相声的于谦不干主业，却顶着一头新烫的卷儿，穿着皮夹克就上去了，用带着京腔的英语唱："Don't break my heart，再次温柔。"

大众都傻眼了：这还是我认识的说相声的于谦吗？

没错，这就是那个常年站在郭德纲身边说相声的于谦。生活里，于谦却是一个不折不扣的摇滚中年。台上，他被郭德纲戏谑，下了台，滚在红尘之中的郭德纲却羡慕他：他活得比我值！

在北京大兴，于谦有一个很大的动物园，养了大大小小数千只动物。大到马，中到藏獒，小到蛐蛐，没有于谦不玩的，他还经常招呼朋友到他的马场玩。为了养马，钱花了不少，还得自己打扫马圈，遭了不少罪，但他觉得值得。

他说完相声，就喜欢往马场转，像走进了自己的小小乐园，可以在院子里喝茶、看动物，整天乐呵呵的。

于谦常说，我说的这些事，跟钱没关系，就是为了一个玩，没钱，我一样可以玩。我的人生使命就是让自己活得好好的，活得幸福快乐，让周边的朋友过得舒适惬意。

于谦过50岁生日时，德云社一堆人都在微博给他祝福，没有一个人不羡慕他。本说到了"知天命"的年纪，可是工作之余，他依然喜欢喝酒、摇滚、养动物。在很多人眼里，他用很多时间做了无意义的事，但于谦自己说：

> 有人觉得玩充满贬义，认为玩物丧志云云，其实这才是无志之举。玩是一种情趣，也是一种生活态度，更是建立在高标准的生活质量之上的一种境界。

在很多网友眼中，于谦是真正只跟随内心的"有趣的灵魂"。

常听人说中年的苦和累，我就很纳闷：为什么没有几个中年人把有趣当成人生使命？到了中年，好像被扔进了菜市场里，四面都是人声鼎沸，指指点点，但我看，真正懂得生活的人总是知道世俗生活需要那么一点自我得意，只有自我得意的人生，才能打败庸俗的日常，用志趣打败时间，赢得时间。

六

日本作家村上春树在《无比芜杂的心绪》中说："年龄增长带来的好事，我以为大体是没有的，不过年轻时看不到的东西现在可以看到了，不明白的东西现在弄明白了，这些还是让人高兴。"

到了壮年，人生最好的状态，无非就是越来越明白一些事。

　　一个清晰的阶段定位，不要总那么唉声怨气，不要总那么迷茫，患得患失，还要为自己的人生找到一个偶像。偶像不只是年轻人的事，而是每个人人生的美好愿望。没有偶像指引的人生，就像海上航船失去了灯塔，茫茫大海，说翻船就翻船。

　　到了中年，真不是意味着只有沦落的内心，而是意味着向上的修为，看透的人生境界，开始思索如何安放灵魂这件人生大事。

　　中年，也从来不只有庸俗的日常，还有活出真我、活得有趣的勇气，柔软又有温度的生命态度；得过且过的人生，我劝你还是算了。要依然保持自由意志，不被绑架，更不妥协，保持独立精神，这都是人生大事。

　　不要最后终于活成了年少时讨厌的那个自己，这样的人生多无聊。

如果你自以为很懂女人，那吃多少亏都是应该的

—

2018年11月3日，蓝洁瑛死了，一个人死在自己的房子里。

她的死，大概最像张爱玲。1995年9月8日，张爱玲在洛杉矶Westwood区的一幢白色公寓内去世。去世前，灯亮着，证件、遗嘱都收拾好了，她穿着旗袍，穿戴整齐，干干净净一个人躺在行军床上。

蓝洁瑛和她一样，用孤独离世作为自己人生最后的注脚。

我不想过多讨论她们的凄惨、悲凉、落魄，这只是她们自己的人生，无须他人居高临下的同情。而给死者生命最后的体面，则是一个写作者该有的良心。

11月4日，明大女生再次说出一个互联网大佬跟她说的一句话：你可以成为邓文迪。

　　真假只有当事人自己知道了，但万事总有水落石出，试问，秋风又曾饶恕过谁？

　　这个世界，总有一些以为自己很懂女人的人，他们在女人的世界里，可以日夜笙歌，可以歌舞升平。他们以为自己很懂女人，可以占有女人，可以抛弃女人，也可以成全女人。

　　而事实上，并非如此。

二

　　古龙也是这样，他以为自己很懂女人。

　　他把所有爱过他的女人都叫女朋友，他有一套自己的理论：

　　　"白马非马，女朋友不是朋友。"

　　古龙认为女朋友的意思通常就是情人，情人之间只有爱情，没有朋友。古龙可以为了朋友舍弃他心爱的女人。在他那里，女朋友永远没有男朋友畅快，有男人的地方才有江湖，才有酒，才有爱恨情仇。

　　他笔下的女人林诗音、朱七七、白飞飞、风四娘、林仙儿，一个比一个美，一个比一个聪明。他用笔作践她们，把每一个女人都写得如此不堪，把每一个女人都摔得粉身碎骨。

　　他给了林仙儿全世界最美的面容，却让她向无尽的深渊堕落，他把自己对人世的不满全部发泄在笔下的女人身上，然后去得到血脉偾张的快感。

古龙写作喜欢分段，风停了是一行，雨停了也是一行。同样的字数，分段多，稿费就越多。

古龙喝酒，通常都是一杯酒，头一仰，就一饮而尽，像倒进去一样。最多的时候，一个人一天喝13瓶伏特加。他还把24瓶乌梅酒，倒进一个日式的浴缸，然后拿盆舀着喝，一个月酒钱就花掉200万台币。

古龙说：

> 交友，要和有热血的人交。恋爱，要和有热血的人谈。酒，要和有热血的人喝。死，要为有热血的人死。

对朋友，他真是一腔热血，最后连死也是因为朋友。他生活里永远不缺女人，笔下也虚构了很多女人，他以为自己很懂女人的。舞女郑莉莉和他同居几年后，为他生了儿子郑小龙，最后还是分手了。舞女叶雪和他同居几年后，也选择了分手。梅宝珠和古龙结婚，生了儿子熊正达，几年后，也选择了离婚。

古龙真可怜，一辈子也没得到真正的爱。古龙终究不懂女人。因为喝太多的酒，他48岁就去世了。去世前，他睁开眼睛，周围太多兄弟，都是社会名流，有倪匡、王羽、蔡澜等一众好友，古龙扫了一眼，失望极了：

> "为什么我的女朋友一个都没来？"

古龙一生有很多钱挥霍，钱花完了，就去写小说。小说写完了，换了钱就去过纸醉金迷的生活，钱让各式各样的女人围绕在他身边，也是钱让他的感情变得很廉价。

他一天需要十个女人，却没有得到爱。他以为自己很懂女人，可终究，他一直没有敲开爱这扇门，始终是个爱情的门外汉。

古龙一生也没读懂女人，古龙真可怜。

三

徐志摩觉得自己一生最懂女人。

他可以爱一个人，就拼命给她写情诗。他可以穿上欧式的西装，扎上领结，戴圆框的眼镜，可以留欧洲上流社会男士的发型，可以坐一架免费的邮局飞机去参加林徽因的讲座。

他以为自己很懂女人，为了女人，可以舍弃一切和发妻张幼仪离婚，去追求众星捧月的陆小曼。可他终究不懂女人，他不懂张幼仪的坚强，更不懂张幼仪的担当，最后，甚至也不懂陆小曼的风月多情。

徐志摩至死也未曾想过，张幼仪后来自己可以创办服装公司，可以成为金融家，也可以为徐志摩的母亲养老送终。他从未想过，张幼仪有如此的大度和善良。

徐志摩的表弟金庸，不喜欢表哥徐志摩。他在小说《天龙八部》中把四大恶人中的一个取名云中鹤，来表达自己对表哥的厌恶，他把云中鹤写成好色之徒，而云中鹤正是徐志摩的笔名。

在金庸小说中，只要出现表哥，均是薄情的人：《天龙八部》中的慕容复，《连城诀》中的汪啸风，《倚天屠龙记》中的卫璧。

金庸呢，他写韦小宝、段誉、张无忌、乔峰，让女人众星捧月围绕在他们的身旁。苏荃这种日月同辉的教主夫人也成了韦小宝的床笫之物，王语嫣最后也跟了段誉，阿朱死在乔峰怀里，段正淳的生命，更是和女人的一场旷日持久的游戏。

　　　许多人说金庸最懂女人心，而在他笔下，女人始终都是配角。

金庸爱上夏梦，就用自己的方式去爱。夏梦移民加拿大，金庸让《明报》一连几天的头条全是她的消息。只是不知道卖掉首饰陪他创办《明报》的妻子朱玫心里怎么想。

后来，金庸和朱玫离婚了。因为朱玫发现，金庸爱上了比他年轻29岁的酒吧女郎。

1995年，金庸在整个华人世界家喻户晓之时，而有人看到，香港铜锣湾街头，朱玫在路边卖手袋。别人告诉金庸，金庸说，不会吧。1998年，朱玫因肺痨菌扩散死于湾仔律敦治医院，亲友都不在，享年63岁，连死亡证明都是医院护工保管的。

后来，金庸后悔了，说：

　　　"我心里感觉对不起她，她现在过世了，我很难过。"

金庸晚年信佛，一遍一遍修改自己的小说。他一次次在佛前忏悔，忏悔逝去的儿子，忏悔自己曾经薄情寡义。最后他面相也变得慈眉善目，所以金庸长寿，活了整整94岁。

金庸笔下写过那么多的女人，王语嫣、程灵素、阿朱、郭襄、杨不悔、瑛姑、小龙女、黄蓉，个个善良浑金璞玉，个个柔情似水。

可他终究不懂女人，金庸不懂，世人也不懂。

四

民国"四大公子"之一少帅张学良也不懂。晚年，张学良偏居台湾，不谈往事，只谈风月，风月即是女人。每次聚会，只要张学良坐着轮椅来了，一桌人都在听张学良大谈女人，谈他与那些女人如何逍遥，如何快活，谈她们如何楚楚动人。

可张学良一生，终究也没读懂女人。他不懂发妻于凤至，一个看上去抱朴含真的女人，为何在1940年入美之后，从此便在华尔街的股市像个赌徒，一路拼杀，一发不可收拾。他不懂于凤至在整整半个世纪，挣了数不清的钱。

他更不懂于凤至其实根本不爱这些钱，临终前竟然把所有的钱全部给了张学良。张学良更不懂1990年，为何于凤至在洛杉矶半山上一大套像《了不起的盖茨比》中的豪宅一样的房子里，孤独去世。

张学良至死也不懂烟花会谢，笙歌会停，不懂徒手摘星，爱而不得，张学良真不懂女人。

五

　　这个世界很多人，自己不懂女人，却假装很懂女人。他们不懂女性的独立人格，也不懂女性的光芒四射，更不懂女性的包容善意。

　　钱谦益从明入清，一样不懂柳如是；黄金荣望穿秋水，也没读懂露兰春；梅兰芳谦谦君子，也未能读懂孟小冬。

　　我妈妈告诉我：

　　不要对女人不懂装懂，当你以为自己很懂女人时，那你吃多少亏都是理所应当的。

　　这个世界许多人不懂这个道理，他们天真地认为女人可以占有，可以抛弃，可以缠绵。

　　他们以为钱和权势可以买到一切，可以占有一切。而唯独不知道，钱买不来期待和爱情。

　　他们也不知道，当他们说出一句话，在镜中的却是一张粗俗卑鄙的脸。

　　在当下，我所知道的大部分女性、女孩儿，她们都有自己强大的小宇宙，她们给自己装置了核武器。她们随时可以让世界爆炸，也可以让整个世界澎湃。

她们独立，她们勇敢，她们敢爱敢恨。她们可以为了尊严，命都可以不要。她们也可以为爱，风雨兼程。她们不愿成为爱的附庸品，更不愿成为玩具。

当一些人油腻缠身，认为自己很懂女人，可以掌控女人生命走向时，他们吃多少亏，都是应该的，挨多少打，也是理所应当的。

更多时候，在女性面前，其实你什么都不要做。你能做的就是尊重她们，赞美她们，向她们的勇敢和尊严致敬。感谢她们让这个世界的色彩不那么单调，感谢她们让愚蠢的人类没有堕落，感谢她们拯救了那些卑鄙的人性。

如果嘴里藏刀，许多人都是杀手

这个世界从来就不缺泛滥的善良，缺的只是理性的思考与克制的行为。

—

曾经，一则新闻让人心惊。

江苏南京童先生的两岁宝宝被一只泰迪咬伤了手，童先生一怒之下摔死了狗。

这一幕被经过的大学生拍成视频，发布到了网上。

很快，有人对童先生一家进行了搜索，并在网上公布了这家人的电话号码、店址等信息。

接下来，童先生每天24小时不间断接到陌生人来电，有的谩骂，有的诅咒，有的甚至恐吓、威胁：

"全家早点暴毙不得好死。"

"八代死绝。"

"你最好看好你儿子。"

…………

童先生一家不胜其扰，近乎崩溃。

为了平息事端，童先生主动上电视道歉。谁知，道歉也没用。越回应，网友越来劲，童先生手机甚至不敢开机，一打开就跳出上百条侮辱、恐吓短信。

还有人指名道姓威胁童先生和他的妻子，扬言要搞死他15岁的长子。

在舆论的压力下，童先生的妻子悄悄用水果刀割开了自己的左手腕：

"他们不是说人不如狗吗？那我来给狗偿命，不要威胁孩子了。"

二

这件事，让我想起了另外一件事。

2017年，同样是在江苏南京，22岁的大学生李炳鑫莫名其妙成了网友口诛笔伐的对象。

事情起因是这样的。8月12日，有人在微博爆料，称在南京南站候车室有成年男子猥亵幼女，并传给了当地公安机关。

当天下午，有网友爆料，猥亵幼女的主角是自己的大学同学李炳鑫。一时间，高举正义大旗讨伐李炳鑫的网友成千上万。

事情发生的第二天，当地公安官博发文表示，嫌疑人已被抓获，并辟谣李炳鑫并非猥亵小姑娘的人，网友这才一哄而散。

而在这短短的两天里，李炳鑫又遭遇了什么呢？

他遭受了无数的谩骂、攻击，甚至有人要将他"化学阉割"。

还有不少人搜索了他，爆出了他的学校、工作单位，他的生活遭到了巨大的影响。

而这期间，他发出的所有辩驳、回应都无人理睬。等待调查结果的两天里，他害怕跟人解释，害怕"没完没了"，害怕父母会无故受到牵连。他甚至觉得，如果这件事不了了之，他将"这辈子都要在阴影下活着"。

三

上面两件事，说的都是生活中常见的一种社会现象：网络暴力。

自网络诞生起，社交网络越发发达，网络暴力也随处可见。

2011年，一份研究报告指出：成年社交媒体用户中，约69%的人表示，曾在社交媒体上看到人们用刻薄恶毒的语言攻击他人。

关于网络暴力的原因，网络作家耳东兔子说得非常形象：

"隔着电脑，在你我都不认识的情况下，甚至连名字都认不全的情况下，也不知道你是谁，并不清楚你曾经做过什么，也不知道未来的你想要做什么，也并不想要了解，因为我讨厌你，或者我'三观'跟你不合，在某一个点上我们并不能沟通。

"所以，在有人黑你情况下，一大堆不明所以的人出来纷纷站队，目的只是想要把这个我曾经讨厌的人，挤出这个世界，甚至恶毒地想着想要他消失，于是出现了那些不堪入目的语言。"

四

为什么近年来网络暴力如此频繁？我想多半是因为人性，人性远比我们想象的复杂，也远比我们想象的可怕。这里需要讲两个道理。

早在1971年，美国心理学家菲利普·津巴度，曾做过一个著名的监狱实验。

他挑选24名大学生，这批学生先通过一次测试，以证明他们是"心理健康、没有疾病的正常人"。

随后，菲利普·津巴度把他们关在斯坦福大学的地下室，一半扮演狱警，一半扮演囚犯。

整个实验过程，都尽量还原监狱中的现实情况，包括囚服、枷锁、警棍。

菲利普·津巴度对扮演狱警的学生说："你们可以随自己的心情惩罚囚犯。"

刚开始，双方都尴尬，但很快，看守模仿电影情节，脱光囚犯的衣服、把囚犯进行数个小时的禁闭、没收枕头和被褥、取消囚犯的进餐、强迫囚犯用手清洗马桶、进行俯卧撑或者一些羞辱性的活动。

在实验进行到36个小时的时候，一名囚犯因受到极度精神压力，开始歇斯底里地哭泣、咒骂，最终退出了实验。

实验仅仅进行了不到两天的时间，"正常的、心理健康"的一群好人已经被一群"正常的、心理健康的"的好人折磨得痛苦不堪。

甚至有人说："这不是一次试验，而是一场噩梦，魔鬼已经被释放出来了。"

实验本来打算持续两周，但进行到第六天时，被迫中断，因为一些学生的精神已经近乎崩溃。

五

我翻了很多资料，在1974年，塞尔维亚行为艺术家玛丽娜·阿布拉莫维奇，进行了一场名为"节奏0"的行为艺术表演。

开始时，她面向观众站在桌前，桌上放着72种道具，包括枪、子弹、鞭子、菜刀等危险品。

玛丽娜宣布，在接下来的6个小时里，观众可以使用桌上的任意工具，对她做任何事。表演有不可预测的危险性，所以玛丽娜承诺自己承担这场表演过程中的全部责任。

刚开始，观众还有些不知所措，有人试探性地用手指截她，玛丽娜毫无反应。

接着，事情开始变得有点不一样了。

有人开始在她脸上肆意作画，有人脱下她的外套，往她头上淋水，有人强吻她，有人玩弄她的隐私部位，有人用玫瑰花刺她的肚子。

在整个过程中，玛丽娜都是有感觉的，但她没有说话，也没有动作，只是静静注视着这场盛大的"群体狂欢"。时间慢慢过去，直到有个人用上了膛的手枪顶住了她的头部，她最终流下了眼泪。

6个小时的行为艺术表演结束后，玛丽娜恢复了行动能力，她慢慢走向人群，所有人都四散逃开了。

这些故事和网络暴力有惊人的相似，在网络时代，匿名性、隐藏性、无权威性同样意味着一种自由，人们躲在屏幕后，自由表达观点，可大多数人不需要为自己的观点买单，所以会变得肆无忌惮，变成更加邪恶的人。

正如玛丽娜的这场行为表演揭示的道理一样：在自由的前提下，在不需要为自己行为买单的情况下，人成为恶魔的潜力更大。

六

正因为人性远比我们想象的更复杂，也正因为人性比我们想象的更可怕，在面对一个事件发生时，就不能轻易下结论，更不能轻易评价别人或者急于站队。因为你目前所表达的一切，也许都是错的。因为事情远不是你想象的那样，你看到的也许只是事件的结果，而没有看到事件发生的过程。

就像最近假疫苗的案件，狂犬病疫苗造假就是其中之一，而狂犬病的死亡率是100%，如果被流浪狗咬一口，再打个假疫苗，那就太倒霉了。

市民看见流浪狗报警，警察也履职抓走。南京江宁警方是这样做的，因为这只狗身患严重的皮肤病，他们只能使警车缓行，然后用捕犬器拖走流浪狗。

而当网友把这个视频放在网上，更多的网友只看到了其中一个片段，就误认为警方虐待动物。然后一大批谴责者就出现了。不得已，江宁警方发了一则道歉声明。

大多数网友只看到了其中的片段，这并不是事件的全部。事件的全部是这只被"爱犬人士"抛弃的流浪狗，身患严重的皮肤病，皮肤病很容易传染。那些急于站队，急于表达愤怒的人，其实自己犯了一个很大的错误，就是根本没有据事实说话，他们只是一味地表达自己的愤怒，拿着正义之锤就往下猛砸。

在整个事件上，我们可以看到这些急于表达自己观点的人，毫无例外，都很愚蠢。

七

如何避免愚蠢，我想这需要你：

对任何人，任何事，都不要怀有主观上的恶意。

年初，国外一个14岁的女孩儿自杀了。小女孩儿名叫艾米，是一个小有名气的澳大利亚童星，从6岁就开始接拍广告。

从成名开始，艾米的一举一动就备受关注，无论做什么事，都会有人对她评头论足。不知从什么时候开始，艾米在网上收到很多陌生人的谩骂。这些攻击毫无根据，但字字不堪入目，更可怕的是，这场铺天盖地而来的咒骂，整整持续了八年之久。

这已经不是人身攻击，而是人性的攻击。那么多莫名其妙的骂声中，有人是为了宣泄，有人是觉得好玩，有人只是在跟风，还有人纯粹是内心歹毒，脑子有病。

但毫无疑问，这些人都怀有主观上的恶意。

最终，艾米彻底崩溃了，以自杀结束了一切，是这些愤怒的人，心存恶意的人亲手杀死了这个孩子。

举办艾米的葬礼前，她的父亲在网上发布了一篇推文，邀请那些逼死女儿的"键盘侠"参加艾米的葬礼，要他们亲眼看看自己一手造成的命案。

南宋文学家罗大经在《鹤林玉露》里说："堂堂八尺躯，莫听三寸舌。舌上有龙泉，杀人不见血。"

说的就是管好自己的嘴，不要轻易去伤害别人，言语的危害有时候比肢体的危害更严重。

八

如何让自己的嘴不轻易伤害别人呢？

那就需要你有足够的思考，看清事件的来龙去脉，不要轻信片段，更不要将现实问题用宣泄的方式在网络上解决。

作家杨红樱也亲历过网络暴力。

2017年，一篇造谣杨红樱抄袭的文章在网上流传，很多人看了文章后，纷纷跑到杨红樱微博下辱骂、质疑。他们要求相关部门严惩杨红樱，甚至表明以后再不看杨红樱的任何作品。

事情发生后，杨红樱哭笑不得。

早在2007年，就有人造谣杨红樱作品抄袭，杨红樱提起诉讼。2008年，法院调查清楚后，宣布杨红樱胜诉。事情过去10年了，又被别有用心的人扒出来。

然后一堆不明真相的人，如潮水一般跟着奔跑在批判杨红樱的路上。他们充当正义使者，纷纷指责杨红樱，甚至充当法官，要求杨红樱道歉、赔偿。殊不知，他们举起"正义之锤"要宣判的，实则是一起"冤假错案"。

网络暴力让杨红樱身心俱疲，她说：

　　"许多不明真相的网友对我进行辱骂，更让我痛心的是，原本喜欢我作品的读者也开始质疑我。"

总有人认为，网上喷一喷，事情就能得到解决。但人情有人情的道理，法治也有法治的逻辑。

有一种毛病叫路见不平，就替天行道。为了替天行道，事实不重要，细节也不重要，你信的那个事实最重要。

但如果把证据和事实放一边，高举"正义之锤"往下砸，砸到的往往是无辜和良善。

九

比管好自己的嘴更重要的是，我觉得是管好自己的脑子，"守脑如玉"。在看待任何一个事情上，都不能怀有主观的臆测。更不能轻易被愤怒，轻易被感动，轻易被诱导。

2012年，陈凯歌拍摄了电影《搜索》。电影讲述了都市白领叶蓝秋，因在公交车上未给老人让座，被人往网上一放，就遭到人肉搜索和铺天盖地的网络流言攻击，这严重影响了她的工作和生活，最终她以自杀的方式结束了冰冷的一切。是路人杀了她，是旁观者亲手杀了她。

2017年，有一则名为"用智慧看见那些看不见的事"的泰国广告火了。

短片开头，一个经营市场的老板娘，带着一副凶神恶煞的面孔来市场收租金，不仅凶巴巴地挑剔市场的卫生，还砸坏了小商贩的秤。

后来，"市场老板娘欺负摊商"的视频在网上激起了民愤，仅仅三天点击量就突破100万。大家纷纷指责，甚至还有网友搜索出菜市场的位置，呼吁大家别去这个菜市场买菜。

就在这时，故事发生了反转。原来老板娘要求菜市场干净，是为了让更多顾客来买菜，照顾商贩的生意，之所以摔小商贩的秤，是因为个别商贩缺斤少两，损害了顾客利益。

很多人这才意识到：原来我们一直在错骂一个好人。

短片结尾说，人的价值，不能仅仅以你所看到的画面作为判断，打开你的头脑用智慧看见没看见的事。

村上春树在小说《沉默》里说过一段话：

> 我真正害怕的，是那些毫无批判地接受和全盘相信别人说法的人们，是那些自己不制造也不理解什么而一味随着别人听起来顺耳的容易接受的意见之鼓点集体起舞的人们。他们半点都不考虑——哪怕一闪之念——自己所作所为是否有错，根本想不到自己能无谓地、致命地伤害一个人，我真正可怕的是这些人。

所以，如果你有耳朵、有眼睛，请别透过他人的嘴来认识别人；如果你受过教育，有大脑能思考，就应该有独立的思考和悲悯的善意。

> 说这么多，其实就是想告诉大家几句话：如果你是一个善

良的人，那么请保持你的善良，并且时刻警惕，保持理智；如果你心中有恶，那么也记住一句话，凝视深渊过久，深渊必回以凝视，永远不要做一个心中藏刀的人，因为刀会伤人，也会自伤。

真正牛的人，从不迷恋身份感

身份感就像底裤，每个人都要有，但是总拿出来给别人看，那就恶心了。

—

这几年，大家都在说一个词：身份感。一说起身份感，很多人都误以为尊重感，这事挺逗。

在他们认知里，把身份感和金钱挂钩，把身份感和学问挂钩，把身份感和优秀挂钩。这几年接触的人越多，越发现不是这样，多数人通常都在身份感上着实用力过猛。

某次去一公司，不到5个人的创业小团队，自我介绍时，人人都是"CEO""CTO""CFO"，这些称呼，我是一个都不懂，搞得我特紧张，生怕一不小心叫成"UFO"。他们给我递名片，管账的叫"财务总监"，拉广告的叫"公关总监"，做内容的叫"内容总监"。

我进这家公司的感觉超酷，像电吹风吹拂我面。就差一句：

"靓仔，要不要先洗个头？"

这种感觉像拉美作家马尔克斯的魔幻现实主义，也像前几天被一"投资顾问"拽进一股票微信群。我也不敢说，我也不敢问，只能猫着，听他们聊国家形势，聊金融大局，最后我发现，这群32个人，31个人都是托儿，只有我一个是真的。

魔幻不魔幻，刺激不刺激，走心不走心！

这些年走街串巷，发现我们有些人，就爱往脸上自贴身份，有身份的夸大身份，没身份的自我发明身份。

二

从小，我妈妈告诉我：如果一个人，不管男人还是女人，一上来就用一大堆职务、事迹砸你的，这人一定是"二百五"，要不就是摇头晃脑的半瓶醋。

我妈这人说话很糙，后来我比我妈说话还糙。我又掌握了一个真理：真正牛的人，能刷脸的时候，从不刷名片。

比如马云，出门举"马脸"就行。比如大导演李安，出门举"方脸"就行。人家不需要300字简介，且牛着呢！反倒是半瓶醋、半吊子、混混儿、无赖、流氓，水平越差的人，越喜欢用身份感来获得存在感，用身份感这玩意儿，来掩盖技能的不足，内心的匮乏。

多年以前，美国搞了一个作家聚会。

一位来自匈牙利的男作家被邀参加，整场聚会，这哥们儿都在走来走去，逢人便吹嘘他的小说。他看到角落坐着一个衣着简朴的女作家，立刻跑过去自我介绍：

"在下某某某，已经出版了339部小说。"

女作家哦了一声。

匈牙利男作家很不爽，质问她："请问你写过多少部小说？"

女作家回答："我只写了一部。"

男作家更是鄙夷："只有一部？那能告诉我是什么名字吗？"

"《飘》。"女作家平淡地说。

男作家当场就闭嘴了。

女作家的名字叫玛格丽特·米切尔，她一生只写了一部小说，就是全世界都知道的《飘》。

而那位匈牙利打字机器，写了339部小说的男作家，名字早就被时间剔除了，伟大的时间只用了几年，就成功把他打成了一枚傻子的形状。

三

学者梁衡也讲过一个教授的故事。

有个大学教授写了个书稿，投给出版社，等了好几个月都没有回音，于是写信去催问。信上只写了一句话：某日寄去某稿，不知下文如何。下面的落款是该大学教授的诸多身份，足足排满了大半页纸，那是20多个密密麻麻长如蚯蚓的头衔。

这个编辑很会尊重人，他以同样的方式开始认真回信。先用大半页纸照抄了这位教授的20多个头衔，然后正文用一句话，八个字如实回复：

"水平不够，恕不能用。"

打脸了吧？我觉得特别打脸，啪啪啪地打脸，打的就是他这种热爱身份感的人的脸。不打他脸，都感觉对不起他。

我也挺看不起这些人的，打心眼里看不起，他们会让人产生生理不适，跟这种人接触久了，身体所有功能都可能丧失。早些年，我在一家报纸做编辑，也有人投稿，有些人投稿的稿件内容还没有个人简介长。这类人，我是真心讨厌的。

他们以为自己一贴身份感，就可以畅通无阻了。他们习惯像只螃蟹一样，喜欢横冲直撞，跟多大领导似的。

其实，真正的通行证应该是你肚子里的学识吧。你装一肚子屎尿屁，就别轻易污染空气了，空气很无辜，世界还很娇媚。

四

后来，我又发现，这些通常在身份感上用力过猛的人，多半是因为没有羞耻感。没有羞耻感，翻译成流行语，就是不要脸。

别怪我刻薄，我只是对一些人刻薄。

就拿自己从事文字行当来说吧，常会接触一些畅销书，接触一些自媒体，发现很多跟文字打交道的，都喜欢给自己贴身份。

有些本来是当模特的，找一堆枪手帮他做号，写鸡汤文，然后逢人说自己是作家。

每当这时，我都会替他们感到不好意思，也替他们脸红，是真的脸红，是他们不知羞耻地拉低了"作家"这个称谓。

作家阿乙有一个故事。当阿乙的作品被翻译到好几个国家发行之后，别人提到他的作家身份，他却羞愧难当。

他说："作家是天上的职业，是为莎士比亚、托尔斯泰、司汤达他们留的，我不配和莎士比亚共用一个身份。"他还坦言："是我把作家的标准拉低了。"

阿乙对自己身份的不认同，我也有同样的感受。

在我的认知里，作家是人类最让人敬畏的身份，是托尔斯泰、雨果、海明威、马尔克斯、博尔赫斯的共同身份。

这些作家牛得很,每个人都有一部或几部让人望而生畏的作品,就像海上的灯塔,半部作品就能照亮我一生。在他们作品面前,我能做的,就是尽量不说一句蠢话,就像木心说的:除了感叹,还能做什么呢?

同样,在托尔斯泰矮小的墓地面前,我却自卑到连人都不敢当,更别说自称作家了。

真不知道,那些嘴里叫着作家,心里想着生意的人,是谁给的那么多的勇气啊?

五

生活里我还常碰到一些人,他们喜欢挂在嘴上:"我是某某某","我爸是某某某","我家往上数几代是"……

十几年前,我去泰山游玩,在拥挤的硬座车厢里,跟我坐而论道的是孟子的多少多少代孙,请原谅我对数字的不敏感,实在记不住了。

一路上,他们都在跟我聊家族兴盛,香火不绝,每年家族公祭之类。我们聊了一路,他们从头到尾也没聊半句孟子的学问。下车时,这个农民模样的孙子一脸狡黠:

"小伙子,我们家的家谱要不要带一份啊?我给你打八折。"

过去十几年，真遇到不少这种蹭祖先流量的孙子，蹭的还是两千多年前的八竿子打不着的祖先流量。

真想奉劝这些人，别再假装你是谁谁谁多少代孙子了。

我劝这些不学无术的浑蛋，还是算了吧。实在没得蹭，村头的土墙，可以考虑一下啊。

六

还有一些迷恋身份感的人，简直都不能叫迷恋了，其实就是行骗的小瘪三、混混儿、无赖、流氓、无耻之徒。

我常去景德镇那边玩，景德镇作为"中国瓷都"，每天都在上演五花八门的"瓷场"故事，有些故事真叫人恶心。

我一个朋友认识一位陶瓷"大师"，"大师"本是街上混混儿，相当于《水浒传》里的牛二。他在陶瓷热潮时"无师自通"，看到身边不少人都出了书，"自学成才"，雇用枪手写了两本陶瓷书籍，然后自费几万元出版。

出了书后，"大师"通过一系列运营，成功封神，办讲座，收徒弟，一场出场费收个十万、八万的。

只是每次讲座之前，"大师"还要闭目养神，参禅苦坐，把"自己的书"翻几页，背一下，因为这位"大师"对自己"写"的两本书也不熟，他也不知道书里讲的到底是啥。

我还发现，哪个行当都有这样的混混儿，茶圈有，票圈有，壶圈有，古玩圈有，投资圈也有。"大神"在普洱茶赚钱的时候，贴个"大师"身份就搞普洱，在宜兴紫砂壶热的时候，贴个"大神"身份就搞紫砂壶，在投资圈兴盛的时候，贴个身份搞投资。

反正贴个身份，就好骗钱，五块钱的烂东西，就能卖五万块。

诸位大神齐登场，等到互联网来临的时候，那就更夸张了。你也见不着他长啥样，叫啥名，披个假马甲，假头像，自贴一堆"情感专家""心理专家""人际关系学导师""养生专家"，就开始满世界撸钱了。

可笑吧？我觉得很可笑。还有更可笑的，"情感专家"自己都是离婚的，"养生专家"自己都是秃头的，"气功大师"自己都早逝，"职场导师"自己都是被离职的，"股票大师"从来不炒股。

这些假大师，打着"大师"的名号，做尽坑蒙拐骗之事。他们说自己肩负着造福用户的崇高使命，却首先造福了自己全家。

一个人要有多不要脸，才敢跑去给别人当人生导师，对他人的人生做乱七八糟的规划，又对他人的人生如此轻易指手画脚。指导别人的人生，在我看来，是全世界最不知廉耻的事情。

八

不知从何时开始，大小名人成堆，人人都是大师，人生导师比用户还多，名人比素人还多。

喧闹的互联网时代，终于将许多国人成功打造出了各种优质身份。最后我们突然发现，再也没有几个人心甘情愿做素人了。

如果哪天，连幼儿园的孩子、小学生也给自己贴个总监当当，这还真挺可怕的。

可真正牛的身份到底是啥？我想应该还是牛在行事，牛在做人，牛在说话，牛在修为，牛在有情有义，牛在知羞耻，牛在有道德。

要不然，就像一些人那样，搞了一大堆身份，PS一张好脸，到头来还是一个24k的纯渣。

还是一百多年前鲁老师说得好：我们牛人不需要名片。

慢，也是一种修行

人生终点都是死亡，劝你还是慢一点

—

中国的导演里，以长情著称的侯孝贤，在电影《最好的时光里》讲述：

所有被辜负的时光都会成为最好的时光。

这段话让我感触很深。到了这个年纪，也慢慢懂得，人活一世，终究没有一个人不辜负别人，也没有一个人不被他人辜负。

辜负和情深，那都是一生过去了哈。

侯孝贤从1981年开始拍电影，1989年拍出了获得威尼斯电影节金狮奖的《悲情城市》，编剧是朱天文，美术指导是黄文英，摄影是李屏宾，剪辑是廖庆松，当时他们30岁出头。到2015年，侯孝贤拍《刺客聂隐娘》，身边站着的还是他们。

只是，当年30岁出头的人，转眼都过了60岁，侯孝贤用了他们30年。

面对时间，让人感慨：

是侯孝贤先生，把他们用老了。

在时间里，他们互相成全了人生，成全了电影，同样也成全了时间。这些最有才华的人，30年来，拍了《恋恋红尘》《戏梦人生》《再见，南国》《风柜来的人》。最终每一部电影，都获得了时间的奖赏，他们一起拿下了威尼斯电影节金狮奖、戛纳电影节最佳导演奖，拿下了珞珈电影节终身成就奖。

他们的人生，其实就是一部时间的艺术片。

二

作家麦家喜欢讲述自己的两个儿子。

第一个儿子，在8岁那年，跟麦家说想学骑自行车。麦家没同意，但儿子偷偷学会了。他第一次看到儿子骑车，觉得特别快，差不多时速10千米。麦家非常担心，在后面边追边喊："骑慢一点！"

但当儿子真慢下来，就摔倒了，每次都是这样。麦家忽然理解了：

很多事情，就像骑自行车一样，慢比快更需要技术，更需要花工夫，更考验一个人的整体能力。

第二个儿子，是麦家的比喻，他把小说《解密》比喻成自己的儿子。这部小说成书时是20万字，但前后用了11年，被杂志社退稿17次。

每退一稿，麦家就修改一次，前后删除将近100万字。11年时间里，麦家无数次写到崩溃。等到《解密》完成，麦家抱着手稿就哭了。

后来麦家成名，得了茅盾文学奖，小说《解密》入选了企鹅经典，小说《暗算》拍成了电视剧，小说《风声》《听风者》改成了电影，获得了市场认可。

他有一段时间却迷失了，为了丰厚的稿费，丢失了"慢"的耐心，他花三个月时间写完长篇小说《刀尖》，但反响平平，成了他内心深处的伤疤。

从此，他彻底明白：

追赶速度，反而会与目标南辕北辙。很多美好的品质，在追赶速度的过程中丢失了。

于是，麦家回归内心，坐下来把每天写3000字，改成500字，用了8年时间，写出了一部长篇小说《人生海海》。小说尚未出版，我就收到麦家先生家人寄来的打印版，看完之后，内心像被什么堵住了，需要很久才能恢复自如呼吸。诚实地说，我被这部小说震撼了。

做学问这件事，就得慢下来，没办法快，快了就会被速度伤害。曹雪芹写《红楼梦》用了10年，司马迁写《史记》用了13年，李时珍写《本草纲目》用了30年，徐霞客一本游记写了34年。

　　做学问就是熬药、煨汤、谈恋爱，没有什么速战速决，一旦快起来，滋味全无了。

三

有一段时间，我睡不着觉，夜里总会想起范小勤。

2016年，8岁的江西贫困儿童范小勤，因为拥有一张酷似马云的脸，引起马云"同脸相怜"，马老师承诺负责他直到大学的学费。

最后马云没来，仁慈的经纪公司却来了，他们穿越千山万水，以走破了五双鞋，骑坏了两头驴的代价，将"小马云"签约为艺人，冲州过府，走穴串场。两年时间，"小马云"到达顶配人生，拥有保镖、豪车、美女助理。

2018年，马云退休，"小马云"就歇菜了，人气就像股票，跌、跌、跌、跌、跌，经纪公司说"滚吧"，将"小马云"又送回了农村。

只用两年，"小马云"演绎了抛物线的全部过程。升腾和降落，都像迪拜哈利法塔的电梯，眼睛一睁一闭，就到一楼了。

四

过去十年时间里，让我最惊叹的还是中国互联网的速度。手机里一个App唤醒另一个App，别说我的眼睛跟不上这种速度，再说心脏也受不了。

但社会主流的价值观，就是让你接受这种消费主义时代的东西，一个人最后连爱惜身体都变成了一件奢侈的事。

2016年，华为高管李玉琢出于身体及家庭原因，三次提出辞职。

11月3日，他写了三封辞职书：我身体有病，家在北京，需要有人照顾；我老了，不愿拖累公司。

第二天，任正非花了半个小时挽留他，李玉琢解释：我爱人又不在身边，我已经七年都是一个人在深圳了。

任正非说："那你可以叫你爱人来深圳工作嘛！"

李玉琢很无奈："她来过深圳，待过几个月，不习惯，又回北京了。"

五

2004年，"火云邪神"一把抓住一颗子弹，然后笑着对观众说："天下武功，唯快不破。"这句话被互联网公司听进去了。

2017年10月30日，小米上线了小米枪战，也就是现在的吃鸡游戏，随后一周，网易、腾讯、英雄互娱也宣布了上线该游戏。

一个领域从悄无声息到连天炮响，从头到尾，只用了一个星期。为了抢这速度，程序员的工作节奏是"996"，早9点、晚9点、一周上6天班。而追求更快速度的腾讯吃鸡团队，开启暴走模式"247"，一天上24小时，一周上7天班。

我小时候看《元史》，很佩服成吉思汗的打仗速度，不埋锅、不造饭，日夜行军，一个人骑两匹马，累了就换另一匹，饿了就在马上吃干马肉，渴了就喝皮囊里的奶茶。最后出现敌人面前，像天降奇兵。

现在，我再也不佩服这种速度了。

互联网公司创始人都是成吉思汗，只是这些靠"快"打天下的公司，并没有让我感到励志，反倒让我脊骨发凉。

在社会的另一个切面，程序员猝死的新闻，一眨眼的工夫，网页上就会闪出一条，我常为身边的程序员朋友捏一把汗。

叛逆者约翰·列侬说，当我们正在为生活疲于奔命的时候，生活已经离我们而去。

打下半个欧洲的成吉思汗，骑马路过甘肃天水时，志得意满：要让青草覆盖的地方，都成为我的牧马之地。

然后这个地球上最骄傲的男人，就从马上摔死了。

而元朝，这个以快著称的朝代，距离百年老朝最终只差3年。

六

这两年，投资圈有一句名言："币圈一天，互联网十年。"

在强泡沫的ICO的时代，各种空气币诞生、比特币疯涨，一些人在一天挣的钱，赶得上别人在互联网十年挣的钱。这些个牛，劝你吹吹也就算了。

据我所知，北京有一家私募，员工上百，把客户骗进来，签无风险理财协议，亏损30%停止交易。等拿到客户的资金账户，一半做空，一半做多，保持任何时刻有一半账户盈利，盈利的一半就分成，亏损的那一半就清理出局。后来爆了，头目卷钱跑了。

2019年3月，千亿级P2P团贷网爆雷，不少普通家庭跟着买单。团贷网找过我做广告，我是愣没接，不知道隔壁那几家接的，现在脸色会不会太难看。

脸怎么红了，精神焕发；脸怎么又黄了，防冷涂的蜡。

风是挺大的哈，大风越狠，有些人心越荡。要我说，大家都太着急了，看谁都是"韭菜"，恨不得把"韭菜"往死里割。于是大家睁大了眼，看ofo共享单车，在短短两年时间，从资本争抢，到无人问津，最终玩家消失于寒冬。

七

中国这些电影投资人，怎么就不能学学北野武。北野武和贾樟柯合作了20多年。

贾樟柯说：

> 北野武不是最有财力的老板，但最理解创作。他不寻求短期回报，每次投资都是悲观的，抱着和导演一起渡过难关的心态合作。

这样愿意和创作者共同成长的投资人，国内好像真挺少见的。

2000年，30岁的贾樟柯不无得意，他认为电影《站台》去三大电影节肯定要拿大奖，结果什么也没有，但北野武跟他说："你慢慢等吧。"

投资人比他还淡然，因为投资人认为这盘棋是漂亮的，只不过在这个点上输了罢了，不必太计较。结果大家就等来了2006年的《三峡好人》，拿了威尼斯金狮奖。

> 我以前看书不明白日本人为什么那么崇拜吴清源的棋风，后来慢慢明白了，吴清源的棋风真的很美。

任何投资也好、创作也好，都需要时间带给人信心。就好像棋圣吴清源的下棋之道，这盘棋可以某一点下输，但过程一定要漂亮。

只要慢下来了，投入了情感，过程自然就漂亮了，只是不知道中国一些投资人，这个道理懂不懂。

八

34年前，深圳高160米的国贸大厦，仅用14个月竣工，创造了3天盖一层楼的"深圳速度"，吓坏了英国人，这也让中国引以自豪。"时间就是金钱，效率就是生命"也迅速变成了一个时代追求。

那是1985年，改革开放的第七个年头，中国开始装入引擎，火箭般的速度迎来20年后的房产、投资、影视的非理性。2018年，我家楼下一家开了30年的早餐店的老板特别爱聊融资，聊上市。

他说的我从来不信，就像我手里握住一块硬币，左右手来回倒5000万次，就是一个亿流水，他早餐店能上市，那我左手、右手也能上市两回了。

只是鉴于2019年的经济，他开始闭口不谈了。

深圳国贸大厦建成的30年后，湖南的"天空城市"项目，计划超越迪拜塔成为世界第一高楼。建筑高838米，地上202层，地下6层，时间只要3个月，每天最少建造5层。

2014年，"天空城市"的奠基石倒在杂草中。从卫星图可以看到"天空城市"的地基，已经成为废弃的积水池。

太追求快了，果然烂尾了。

我在各个城市都能看到把摩托车骑得像开飞机的人，也能看到把汽车开成火车的人，油门轰的一声，搞得像流浪星球一样。

很遗憾，地球没有流浪，他们的人生却流浪了，在死亡的必经之路，他们欢呼着按下了快进键。

社会什么都教会我们了，唯独没教我们不必成功

所谓成功，无非是用自己喜欢的方式过一生。成为一个有独立思考能力的人，一个不流于俗的人，一个不谙世事的人。

—

梁文道有次去南方某高校演讲，问答环节，有个学生举手："梁老师，我不是来问问题的，我是要你看清楚我这张脸，你要记住我的名字。"

梁文道不解，笑着问："这是为什么啊？"

学生回答说："这是因为你会发现有一天，我的名字、我的脸孔，会出现在杂志上，我会成为中国五百强企业排前几名的企业的领军人，我会成为世界上最大公司的老板或者CEO。"

梁文道脾气很好，但那一刻他很尴尬，也很无语："您能不能告诉我，您将来要干的那个企业、那个生意，是干什么的呢？"

学生愣住了，很久之后才吐出一句："这我没想过。"

这件事让梁文道印象深刻，在《一千零一夜》第一期节目中，他向观众讲了这个故事。

生活中，类似那位学生的年轻人不在少数，他们可能还没找到自己的兴趣所在，或者自己要发挥的领域，还不知道自己要做什么，但他们知道一件事儿，他知道他要成功。

他们成功的标准既简单又粗暴——名字被人记住，脸被人认清，身家万贯。

梁文道在节目中遗憾地说："这是大家公认的一个标准，古往今来好像都是这样。"

二

2015年秋天，冯唐连续在北大、浙大、武大做了三场演讲。

他讲得很认真，讲他的跨行经历，讲他理解的生活，讲他最得意的诗作：春水初生，春林初盛，春风十里，不如你。

三场演讲下来，他以为同学们会关注他如何写作，会关注他这些年的经历，至少也会关注他如何成为一名作家。

但他没想到，国内顶级学府的学子纷纷举手提问：

你在北京后海边上的院子有多大？作家富豪榜上你排第几？你创立的国内最大医疗集团收益多少？

换句话说，这些学生只想向他学习如何获得成功，如何做到事业有成、坐拥豪宅、名利双收。

冯唐很吃惊，在他的认知里，成功从来不是一件可以学习的事。他说："人可以学开刀，人可以学乞讨，人可以学算命，但是人没法学习如何成功。"

冯唐从小接受的教育是"任意生长"，小时候，他妈妈告诉他："儿子，我不会去指导你的人生，你想吃什么吃什么，想看什么看什么，做你自己喜欢的事！"

冯唐妈妈拿半个月工资给冯唐买闲书，结果冯唐看了一堆书后，却学到了三个技能：常识，无畏，超脱。冯唐全部用在了生活和写作中。

冯唐后来说："我痛恨成功学。我定义的成功是内心恬静地用好自己这块材料，或有用或无用，本一不二。"

三

在每个人都在憋着一股劲儿往前冲的时代，人活一世，好像就是为了那几套房、那几辆车、存折上多几个零、富豪榜上排上个名，如果能获得这些，人生就是成功的。但这个世上，能获得大量财富的人毕竟是少数，如果财富是唯一的标准，那么大部分人都是不成功的。

还有一个更可悲的现实是，这种刻板的成功观已经过早烙进年轻人的头脑里，功利主义的盛行使得校园生活日益枯燥，物化的需求和各种压力冲淡了学生本来应该"务虚"的青春。没有理想，不会胡闹，不会浪漫，在这个最应该放肆的年纪，青春却不可避免地滑向了平庸。

2018年，《人物》杂志一篇题为"奥数天才坠落之后"的文章刷爆朋友圈。

文章的主人公付云皓，身上的标签是"奥数天才"。

他17岁和18岁时连续两年以满分成绩获得国际数学奥林匹克竞赛金牌，在中国国家队30余年的参赛史上，取得这一成绩的选手只有3位。高中毕业后，付云皓被保送北大。

在世俗的普遍认知里，"奥数天才"和"北大学子"这两个标签随便放一个人身上，都会使这个人获得非凡成就，但付云皓的生活却与这两个标签完全割裂——他没拿到北大毕业证，还成了一个二本师范学校"普通"的数学老师。

《人物》的记者抓住这点，向大众传递了一种情绪：一位"奥数天才"落得这种处境，应该被定义为坠落。

在《人物》的记者笔下，挺着大肚腩的付云皓变成了一个彻头彻尾的失意者。全文充满了伤仲永式的悲叹惋惜，连配图都耐人寻味地调成了黑白色。

在作者看来，付云皓作为拥有"奥数天才"光环的北大学子，应该一路升职加薪，拥有同龄人羡慕的生活。换句话说，付云皓应该活得符合世俗对于成功标准的定义。

　　要我说，这个社会有很多预设的逻辑，但没有一项是应该被扣在别人头上的帽子。

《人物》这篇文章传达的思想，本质和贩卖焦虑的"你的同龄人正在抛弃你"论调并无不同。

　　此文发表后引发热议，付云皓专门写了一封自白书回应，他觉得投身基础教育事业并不是堕落，他只是在脚踏实地地做自己喜欢的事。

　　付云皓说："若你头顶光环，身处高塔，或能指点江山，激扬文字，但只要脚落实处，做好每件事，才能积少成多，为社会真正贡献你的力量。"

　　这让我想起几年前，哈佛校长德普·福斯特在毕业致辞中对在场每一个毕业生说的一句话：

　　"请大家记住，今天是你毕业的日子，也可能是你人生中最成功的一天。因为未来你可能会发现，你只是一个很普通的人。"

　　人生一件很重要的事，就是接受自己的平凡，并学会活得心安理得。但可惜的是，我们一代代所接受的教育，父母教育、学校教育、社会教育都让我们"成功"，却没有教会热爱生活的勇气和与平凡的自己对话的能力。

　　如果说接受平凡算人一生的功课的话，付云皓已经完成了，而那个写出"坠落"一文的记者，显然还要再学习好几年。

四

　　作家大冰有段时间一直在背包旅游，旅途中，他遇到一个叫听夏的女孩儿。

　　听夏曾在欧洲留学，20多岁回到中国，她的梦想是找一份图书管理员的工作，她去一线城市应聘，一次接一次应聘，后来她发现，某些游戏规则没变，游学了多年回来后，还是竞聘不过一个稍微有点关系的人。但事实上，在一线城市拥挤的生活，并不一定是自己想要的人生。

　　后来，她彻底放弃了争夺的世界，而选择住在大理，以卖文为生。每当冬去春来，听夏会离开大理，去到西藏的波密，那里三面雪山，一面桃花，过着有什么吃什么的生活。

　　她说，所有一切数字可以衡量的商品价值，都是我努力要去逃脱的。时常提醒自己，商品价值只是种数字游戏，激发着人性中的狡诈和贪婪。人一生要去辨认、选择或做出那些真正属于自己的，才不会堕入物质的陷阱。

大多数人会说，一个学富五车的人可以找一份很好的工作，走上人生巅峰，过上成功的生活。

可到底什么才是成功的生活？披荆斩棘、乘风破浪是人生，晚风吹拂、花开四野也是人生。

我曾见过一张听夏的照片，听夏站在田间，带着她的小女儿，苍山洱海旁，安静地看着稻谷开花。总之，这样的人生她觉得快乐，内心自给自足。

生命的真正悲哀从不在于存折上少了几个零，而在于从没能在草木幽深的长夏，俯瞰着细小的河流与威严的群山，在碎云累积的空茫里飞行。

五

"任何一种东西或者方式，都能成为我们走向未来的驱动力。可能每个人都会找到适合自己的那种方式，我恰好选择了无聊而已。"这是王村村《一席》演讲时说的一句话。

王村村是谁？他可能是全中国最无聊的人了。

他会花6个小时，数清楚一碗米大概有16250粒；邻居搬家前送了一束棉花，为了纪念这份情谊，他按照传统工艺弹了"一床"棉被；他还把家里的浴缸砸了，改造成游泳池。虽然只有1.5平方米，但是射灯、蓝白瓷砖这些元素一个都不少，甚至给浴缸取名"马尔代夫"，邀请朋友一起浮潜；最后还在"马尔代夫"旁填上半吨土，种起了水稻；为了一句"不会飞的猪，就只是一头猪而已"，他尝试用两万个气球将一头猪吊起来；他还把两万根光纤放在一起，做成帝国大厦、迪拜塔……

很多人说，做这些事这么耗时间，而且毫无意义，这个人真是吃饱了没事干。大家都在忙着赚钱，谁还有时间去无聊啊！

当所有人都在忙着升学考试、挣钱买房时，王村村却"反其道而行"。他本人没什么绚烂的人生简历，上的是普通高中，普通大学毕业，工作也只是一份普通工作，勉强养活自己。但他说：

> 对生活抱有热情远比嘻嘻哈哈来得更快乐。其实大部分日子并不那么好过，但最后你会明白，快乐和善良一样，是接受了惨淡的生活以后的一种选择。

他努力让自己过得有趣、快乐，最终也把这份有趣和快乐传递给了更多的人。

我一直觉得，这个世界之所以乏味不堪，有时候就是因为功利的聪明人太多，而有趣的好玩人太少。真正有趣的人，总能把凡世过得有滋有味，在玻璃鱼缸里游泳，也有乘风破浪的气魄。

而所谓成功，无非是用自己喜欢的方式度过一生。

六

有时想想，我们这个狼奔豕突的当下还是十分可笑的。

比如，你去培训机构当老师，周围人说你就是个补课的；去自媒体当编辑，就被叫"公号民工"；自己开家淘宝店，人家喊你"淘宝小妹"；只要没去大公司，那你就是个拿生命赚钱的机器。

哪怕你悉心教导，帮很多孩子提高了学习成绩；哪怕你为了写出优质内容每天加班熬夜，为上百万人带来知识和欢乐；哪怕你起早贪黑，把网店做到了销量冠军……

可一旦用社会地位或物质标准来衡量人生成败，"平凡的努力"就和"失败"画上了等号。

这非常庸俗，我不反对每个人挣钱，但我反对一种只知道挣钱的人生。在挣钱时，我觉得首先应该明白金钱的意义和价值。金钱首先是给我们体面和尊严，其次是用来买自由的时间，还有，能够给身边人和社会带来温暖。

但金钱不应该成为人生唯一目的，我们心灵中过分实用主义的东西，最终会妨碍我们更充分地理解自己与我们生活的世界。特别讨厌一种比来比去的人生，尤其是在对比中，无限失望的人生。因为：

不是所有的小草，都应该成为大树，不是所有一米六的矮个子，都必须去NBA打球，也不是所有在雨天被蛮横的宝马车溅过一身泥的穷光蛋，都应该发愤图强努力赚钱买宝马车然后去溅别人一身泥。

你不是不爱孩子，只是用力过猛

一

我和老李不算朋友，最多只能算"路友"，"路友"就是一起走过路。十年前，老李带着儿子骑自行车全国旅行，爷儿俩的脸晒得像2B铅笔画上的，我一见就乐。

但打心里还是羡慕这爷儿俩，处得跟哥儿俩似的。我问过老李："你这样带儿子东奔西走，就不担心孩子未来？"那时候他儿子14岁。老李一听比我还乐：

> 我不担心他，他有强壮的身体、坚强的意志。至于未来，一命、二运、三风水，走着瞧。

前几天，又见到老李，老李儿子已经是一名摄影师，工作就是全国旅行，老李自己也没想到。儿子人生不但没有像别人说的寸草不生，反而找到了自己幸福的方式。

想想人生有时候真是，有心栽花花不开，无心插柳柳成荫。

二

我观察了我身边的朋友，发现他们都有一个规律。

没当父母时，过日子就像当和尚，上班全靠撞，梦想全靠编，日子过得像翻经书，见单位领导像见方丈。而一旦自己当了父母，就统统把自己活成了脱口秀演员，一个人就可以笑场。

朋友圈照片全是孩子，微信头像也是孩子，周末变成了孩子的补习班，参加的所有聚会，聊天也全是孩子。跟孩子聊的也是孩子。

"你得去上补习班了。""你得考全校前三名了。""你得考雅思，考托福，你得留学了。"

"你别嫌我烦，我都是为你好。""我们不会害你的。""我是你亲妈，我们做这些都是为了你。"

三

私下里，我其实希望中国的许多父母不那么爱孩子，能在兢兢业业爱孩子的同时打个盹儿、走走神、偷个懒。这样孩子就可以在他们的视线之外，自由地奔跑。

我也是读过初中的人，初中那会儿，我有一个同学叫小可。当时成绩全校第一，我是全校第二。我和小可最大的不同就是：我可以考全校第二，也可以滑落到全校第一百名；而小可，则需要不停地努力，才能捍卫全校第一。

整整3年，别人晚上10点睡，小可不，小可凌晨1点睡。别人上课打瞌睡，小可不，小可打瞌睡眼睛也睁着。别人父母告诉孩子，"你看书累了，就歇歇"，小可的父母不，永远都是：

"再努力一下，你就可以上重点高中了。"

"再做几套试卷，你的英语就是全校第一了。"

"再背几页历史，你的成绩就没人可以撼动了。"

"你是全家的希望，你必须考清华、考北大。"

小可不爱说话，说得最多的话都是回答老师提问的问题。小可洗衣、做饭、打游戏全都不会。最后小可考入重点高中，当全市的"优秀生"聚在一起争夺第一时，小可的成绩就从前十名，坠落到前五十名，最后到第一百名。

从那以后，小可不敢回家，不敢上课，害怕考试，怕见所有人。

终于，小可紧绷的那根弦断了，她疯了。我最后一次见她，那天下着暴雨，她披头散发，赤脚站在暴雨里。从那以后，我再也没有见过小可，希望经历崩溃的她一切都好。

她的父母真的什么都给她了，我不怀疑她父母的爱，却怀疑这种爱的方式，因为添加剂实在太多了。

如今，那些父母知道吗？

你什么都给孩子了，却没有给孩子一点点"坠落的自由"。人生在上升的过程，不单单需要激流勇进好吧，也需要一点点的"坠落"，自由落体的愉悦。

人生不是百米冲刺，是马拉松，冲得太快，会因为肌肉拉伤，无法到达终点，你们知道吗？

四

与小可相比，我邻居家的孩子可能还要"倒霉"很多。

邻居是我爸单位的领导，正处级。因为差距太大，我们和他家孩子从小就不一起玩。我们撒尿玩泥巴，他弹钢琴。我们刚玩上俄罗斯方块，他已经玩上了魂斗罗。我们还在学10以内加减法，他已经开始学英语。

他家孩子，从小学到大学，一路飞驰。他正处级的父母就要他有别于我们，拒绝平庸，与众不同。

在生命的前20年里，他确实有别于我们。当我们还在为考重点大学里的一般学科，还是考个二本大学的重点学科纠结时，他告诉我们，哥们儿考的是清华。当我们还在为找一份1500元钱的工作发愁时，他告诉我们，哥们儿先去曼彻斯特读书了。曼彻斯特知道吗？英国一城市。当我们还为挤公交车时，他告诉我们，哥们儿入职了德国世界五百强企业之一。

　　按这样的人生轨迹，他原本可以很幸福的。

　　然而，2017年，他跳楼了。因为无论怎么努力，他始终也没能当上大中华区的领导。

　　他很失望，他的父母比他更失望。"我以为你能成为马云。""我以为你至少也能成为雷军。""最差，你也应该成为那个共享单车创始人吧。""你看，连你同学××都在北京开公司了。""回国吧，创业吧，年龄不小了。"

　　是的，他回国了，全家的积蓄全拿出来创业。然而，他和他的父母并不知道此时创业环境如同被吹大的泡沫。

　　第二年，他就亏了一个一辈子也还不起的数字。绝望之后，他就跳楼了。而我们这些平庸的人还在活着。

　　和他相比，我们这些人唯一的不同，就是我们都没有所谓的"成才"，最后都不同程度接受了自己的平庸，所以才活得这么心安理得。他所接受的教育，父母教育、学校教育、社会教育都让他"成才"，却没有给他热爱生活的勇气。

五

　　过去那么多年，我看过一些人的命运，也亲眼看了很多父母从希望到绝望的全部过程。

最后，在培养孩子这件事上，我越来越赞同人非树木，不必成材。所谓成才、成功，不就像有句话说的：不过是在自己的床上，躺出自己的身形罢了。

我也越来越认同作家刘瑜写给女儿的一段话：

妈妈理解的人生成功，是一个人对自己所做的事有热情和敬畏。愿你有好的运气，如果没有，愿你在不幸中学会慈悲。愿你被很多人爱，如果没有，愿你在寂寞中学会包容。

这是一个妈妈给孩子最朴素的爱，没有过多世俗上的希望，不含太多爱的添加剂。

反观当下，做了父母的我们，起早贪黑，为孩子焦虑不安，都是没有必要的。

对于孩子，乘风破浪也是人生，晚风吹拂、花开四野也是人生。关于孩子的未来，只要心安理得，什么样的未来都是好未来。

作为父母都爱自己的孩子，这我理解，可你得重新定义人生的成功。与其当个"脱口秀"爸妈，不如真诚告诉孩子：

你不必那么成才，因为拥有多少财富，都比不上内心的富足丰盈。

你不必非要考名校，因为什么名校，也比不上人生的潇洒从容。

你不必当多大的官，创多大公司。因为做任何事，都比不上内心深处的真正热爱。

你也不必忧愁自己的未来，因为只要你心存悲悯，学会与孤独为伴，你就会有自己的未来。

最后，说句很俗的话，愿中国的孩子，都能慢慢长大。

只学会赚钱的人们，是该好好学学生活了

"我爱你不后悔，也尊重故事的结尾。"这是定格在茅侃侃微信的最后一条朋友圈。

—

茅侃侃去世的第二天，南方下了一场雪，好像在说什么，又好像什么也没说。

如果他不是以这样的方式离开，或许没有人会知道这个人。即便是以这样的方式决绝离开，他依然会被大多数人忽略。

人性往往是冷静的，冷静得让自己都觉得寒冷，发生在自己身上的叫灾难，发生在别人身上的，叫故事。听故事的人听完了，会面无表情地背上背包，然后一头扎进南方的风雪中，继续上路。

王尔德说，生活是世上最罕见的事情，大多数人只是存在而已。

同样，作为创业者范本的茅侃侃，也只是存在而已。

上一次听茅侃侃这个名字还是十年前，十年前的茅侃侃，短发、很瘦，有点龅牙，说话腼腆，又有少年得志的轻狂。

一个人20来岁，就获得一个50岁的人都得不到的成功，按理说，是不太可能不轻狂的。毕竟这成功实在是来得太早了，也太突然了。李白也一样，20来岁刚进长安，落花踏尽游何处，笑入胡姬酒肆中，终日声色犬马，红粉青楼，浪荡于花红柳绿之间。

年少成名的轻狂，都是相似的，世间众人皆傻，唯独我一个聪明人。

茅侃侃也是，当年他说每个月零花钱也就两三万元时，说得非常随意。

可十年前，一个月两三万元零花钱，还是一个很刺激的数字。更刺激的是，说这句话的人，还是你的同龄人。他一个月随随便便花掉两三万元零花钱，而你一个月只有两三百元生活费，就这两三百元还是父母省吃俭用给的。

二

不可否认，茅侃侃一度是一些"80后"的偶像。

现在"80后"一代，好像说起钱，都是一副云淡风轻的样子。

他们常说："赚钱嘛，努力就好，最重要还是把家人照顾好！"

其实"80后"年轻的时候啊，也和现在的一些"90后"一样拜金。他们中的大多数人根本不知道茅侃侃做的互联网创业叫啥，盈利模式怎么样，怎么做到的，只是一厢情愿无比地向往"一个月两三万元零花钱"。

这种生活意味着不用再受老板的奴役；不用再去坐拥挤到连手机都掏不出来的地铁；不用请女朋友吃个饭，还要盯半天菜价；不用去个名品店，还畏畏缩缩地不敢说一句大话。

而如今呢？那些说过豪言壮语的"80后"，一大半还是被老板奴役，还有一些"死"在了创业的途中，又不得不重新被老板奴役。世间能成功的，永远都只是最少数的一部分人。

　　人类总是这么"衰"，总有聪明人来破坏这个星球。

我朋友中的大多数，都吹过很大很大的牛，大得连自己都信了。"老子这辈子，一定要挣一千万。""老子这辈子一定要买十套房。"十几年过去了，那个发誓挣一千万的哥们儿，包括住房公积金，年薪十万；另外一个发誓买十套房的哥们儿，刚刚按揭一套房，借了钱凑了首付。

生活就是这样，特无情，特无耻，还特无理取闹。那些过去吹过的牛，最后只能自己拿到水龙头冲冲洗洗，在所有的聚会席上，从此只问吃喝，不谈理想。就像茅侃侃年轻时，说的那句：

　　"我没有那么大的理想，一个亿一辈子就够了，吃香的喝辣的。"

一个亿的理想，其实对茅侃侃来说，算不上什么远大理想。毕竟20岁时，他就拥有过上千万。现在这个时代变化太快了，连普通人都开口闭口谈几个亿的事，茅侃侃谈一个亿的理想，也不过是"小康"。

可时代已经变了，他一个亿的理想破产了。

创业屡战屡败之后，这个他人生的第三十五个冬天，北京城一如往常，车水马龙。

可这一切，已经不属于茅侃侃了。

35岁的茅侃侃，选择在这样的冬天结束生命，一个人安安静静地把自己锁在屋子里，又安安静静地打开煤气，然后脱掉鞋子，回到床上躺下，安安静静地睡着，安安静静地走了。

三

他死在巨大的人生失落中！

究竟多么巨大，没有成功过的人真的难以想象。

如果他不曾年少成名，也许他不会死。幻想一下，一个人20岁就过上了别人穷极一生想要过上的生活。剩下的几十年，如果没有更刺激的东西调动自己的欲望，那么这几十年，就是重复生命。

世界上，哪有比重复生命还要可怕的事呢？

有些人在年少成功，然后顿觉生活没意思了，剩下的几十年都是重复，老子不干了，自杀了。还有就像茅侃侃，成功之后，过声色犬马、红粉青楼的生活可以，再让他回到原点过过小日子，受不了了，老子不干了，走了。

一个过惯了大日子的人，突然回到小日子，就觉得这一切对自己太残忍了。

可生活本身就是有成本的，追求高回报，自然就意味着高风险。既然是做生意，风险和回报总是成正比的，只盯着回报，却不预估风险，一个投资失误，回到原点、负债累累，也是常事。

这就叫代价！

"80后"在创业江湖差不多征战了十年，这十年中，因失败自杀的人远不止茅侃侃一个。只是茅侃侃更具有代表性，他是第一批创业成功者，又是第一批在互联网这个领域创业的成功者。

他的成功带着这个时代的特色，从事科技行业、年轻化、快速；他的失败也带着这个时代所有失败者的特色，声色犬马、晨昏颠倒、激进、任性。

许多年轻人都迫切渴望成功，都有一个翻身梦，也都曾发誓，要买昂贵的房子，要开一辆好车，要在 40 岁甚至更早就过上财务自由的生活。

人生这玩意儿，其实不过那么回事。看清了，没多复杂。这一边是荷尔蒙、虚荣、欲望无止境，那一边是悲悯、善良、人格修行无止境。

四

前几天，我跟朋友去澳门。

赌场里，来来往往的人，LV、Prada、Gucci 混搭穿，脚上还蹬一双 Ferragamo。个个像打了兴奋剂的斗鸡，下赌注不眨眼，一把推掉好几万，然后嘴里喊着"大，大，大"，就像创业场上，那些全靠赌命的创业者。每个人都想在这里咸鱼翻生，一瞬间就可以过上自己想要的生活。

赢了的，立马开昂贵的酒，坐昂贵的车，买昂贵的表。

输了的，垂头丧气，骂骂咧咧，抱怨运气不济，抱怨苍天待我太薄。

可生活这玩意儿，还是得慢慢过。大日子能过，小日子也能过，这才是牛。

中国从不缺有钱人，缺的是有资格享受一生富足的人，因为这不仅仅需要财务头脑，还需要生活智慧。你要是想知道，中国这些年到底有多少富人跌了，去问问澳门赌场的荷官，或者问问高档餐厅的经理就知道了。他们一定会告诉你：

"前两年经常来的一些人，这两年不来了，估计富翁成负翁了！"

然后一定还会跟你说一句很诗意的话："澳门这地方啊，赌客来来去去的，多像人生。"

中国现在不缺有钱人，北上广头等舱从来也没有空位。今天的账户余额上，你还是有钱人，明天找"名媛"，吸毒品，赌一把，然后负债累累。

茅侃侃的人生是苍凉的，就像南方的第一场雪，下雪的时候安安静静，雪化的时候也安安静静。

金庸在《神雕侠侣》中都说了：

你瞧这些白云聚了又散，散了又聚，人生离合，亦复如斯。

但有些死亡，终该要诠释一些什么吧，不然所有的死亡都白死了。斯人一去，白雪满头。

只学会赚钱的人们，是该好好学学生活了！

最高级的教育，是教孩子"无用"的东西

人不是为了改变世界而来的，更需要的是丰富多彩的生命历程！

——

我曾在西藏生活过两年，那两年，我常一个人骑车翻山越岭。我喜欢把我那辆捷安特自行车蹬得飞快，好像往事就会随着风倒退一样。

有一次，我遇到一对父子，孩子有10来岁。他们骑车环游中国，我遇到他们爷儿俩时，他们刚刚到达拉萨站。

我很诧异：这么小的孩子，骑车环游中国，是不是太苦了点！他的父亲给我的回答是：

给孩子一个生命，你就应该让这个生命更精彩点！

这个事，过去好多年了，他们父子的相貌，我已完全忘记。唯

独这句话，我铭记在心，指导着我去教育我的女儿。

生活中，大部分父母光是为了生活就已经筋疲力尽了。父母疲惫于为孩子选好的幼儿园，疲惫于给孩子选学区房，疲惫于让孩子学更多的生活技能，疲惫于孩子的考试成绩，疲惫于自己的收入是否满足孩子成长成本、未来规划。

是的，每一个父母光是为了生活，就已经筋疲力尽了。

二

很开心我的母亲在我小时候，并没有让我学习所谓正确的知识。

她没有让我背诵枯燥的《三字经》《弟子规》，直到现在，《三字经》我一句也不会背。

我的母亲没有这样教育我，并不是因为她不想，而是因为她自己也不会。

正是因为她的"无知"成就了我的任意生长。

我在十来岁时，翻到了一本《唐诗三百首》，读得津津有味，还翻到了一本《安娜·卡列尼娜》，因此彻夜难眠。

正是因为她对我的人生毫无规划，我才得以在二十来岁大学毕业后，仗剑走天涯，选择了靠卖文卖字讨生活。

我的邻居是一名退休老师，退休后开了一个幼儿园。

作为一名优秀又严谨的教师，她让孩子过着一种地狱般的生活，学习着乘法口诀，背诵着"不愤不启、不悱不发"。

有一阵子，她来我家和我妈妈闲坐，我终于忍不住问她：

"你有没有想过，这些小孩唯一的快乐就是满地打滚。"

之后，很多年，这位邻居阿姨见我如见怪物。

因为在她的人生经历里，从未有过一个这样的人来推翻她的教育理念。

在她眼里，我就是因为没有接受正确的教育，才长成了一事无成的样子。

高晓松小时候，母亲教育他：谁要觉得你眼前这点儿苟且就是你的人生，那你这一生就完了。

很多人会说这是因为高家有能力追求诗和远方，而你的家庭只能让你苟且着眼前的人生。

其实让你苟且的不只是经济能力，更多的来源于视野上的盲区，因为那些人觉得生活就应该只有一条路径。

高晓松妈妈教育高晓松，人可以不成功，但一定要多看看这个世界。

在20世纪90年代，当大家都在追求着安稳的生活，拿一点微薄的薪金时，高晓松却选择了周游世界。

在我认识的那个时代的朋友中，他是最早开始"玩世不恭"，最早开始"自甘堕落"去游历，去做流浪诗人，去被同时代的人嘲讽的人。

而如今，这些最早被认为无药可救的人群到了中年，不但获得了现实世界里的财富成功，还获得了更多壮观的人生经历和回忆。

反观那些最早盯准稳定工作的人群，却向着"油腻中年"任意滑落。

高晓松教育自己的女儿Zoe，做一堆"无用"的事。

Zoe学古筝、骑马、练瑜伽、跳舞，"无用"的事干了一堆，高晓松说："我想让孩子懂得如何在不成功的人生随遇而安。"

这个世上，能获得大量财富的人毕竟是少数人，如果财富是唯一的标准，那么大部分人都是不成功的。

孩子如果只学会了升学考试，长大后只学会了挣钱买房，这样的人生，肯定也是不成功的。

因为他的人生只学会了"有用"。而那些看上去"无用"的教育，如去远行、去读诗、去游泳等，却让生命有更大程度的愉悦。

当满地都是六便士时，那些学了"无用"教育的孩子，还能够抬头看见月亮，并充分体会看见月亮的愉悦。

三

我从小就没想过要对这个世界有啥大贡献。

如果我写的文章能够影响到一两个人的观念，那也是我不小心为之，并不是我的本意。

对改变别人而言，我更享受绞尽脑汁，灵光乍现出一两个好句子时的快乐。

小时候，老师问我的理想。

我回答：当火车司机。

这个理想直到现在，也不曾改变。

我常常想我坐在火车头里，戴着貂皮帽，满头满脸的机油，一副牛哄哄的样子。

在祖国大地，举着烤羊腿，拽着19节的列车，一路咔嚓咔嚓过去，开心时，开着火车在地上画个N形，不开心时画个B形。

岂不爽死？

我对世界的贡献就是这样一路咔嚓咔嚓过去，令沿途的君子无不震撼：这是个什么破烂玩意儿。

实在抱歉，让你们失望了，我理想就这么大，而且终生不渝。

任意生长的人其实都不会太慌张，因为内心笃定的人，都有那个笃定的"核"。

那些"无用"的趣味，总会让你学会如何和自己平心静气地相处，让你体会到人生的神采、格调、情趣、韵致，这些正是那些"手段教育"给不了的。

内心永远知道自己要什么的人，进了社会自然不会内心跌跌撞撞，鲁鲁莽莽。

有人问冯唐："成长道路上，你最感恩母亲的是什么？"

冯唐回答:"没强迫我做过任何事情。"想了想,他又说,"作为母亲,她很成功。如果要给她打分,我打满分!"

同样,如果有人问我:"明明,你给你妈打多少分?"

我会回答:"比冯唐的妈妈多1分就行了,多给1分,让她骄傲!"

四

我对我女儿的教育没要求。

如果她想回到古代,我就可以花300元给她买件绸缎穿上,让她大摇大摆地荡在长安街上,逢人便喊苏东坡,喊白居易。

我会告诉女儿:"吃着冰棍儿,去和他们玩吧,他们只是长得有点丑。"

如果她的人生梦想就是长成大胸大屁股妞,那对我来说,我也毫无意见。因为怎么选择,都是她的人生,她快乐就行了。

因为内心强大,比学奥数、学舞蹈更重要。

让孩子过得快乐,成为一个有独立思考能力的人,一个不流于俗的人,一个不谙世事的人,一个敢于跳出规则的人,真的比"有用"更重要。

五

作为父母来说吧,其实就是:

给他一个生命，让他活得更精彩点。

在网上，看到一张"小 P 孩作息时间表"，孩子除了周一到周五学校正常的课程之外，还有古文、钢琴、跆拳道、游泳、英语、拉丁舞等九种课外学习。

孩子妈妈说："我的每个安排都是有目的的，跆拳道是锻炼身体，增加男子汉气概；弹钢琴是培养艺术天赋；英语是出国方便；练毛笔字是磨炼他的性子……"

三句话，离不开"有用""目的"，这脑袋是被挤了吧。

难道只有马云这样才叫成功，我这样的人就不叫成功？其实孩子不愿意，不感兴趣，花多少钱，也没多大用，也许小孩儿就想满地打滚呢，那就让他满地打滚好了。

孩子最可爱的样子，就是一身臭汗，虎头虎脑，非给他搞成一个小外交官，合适吗？

说什么输在起跑线上，人生哪有什么起跑线，不过是一场奔赴死亡的旅行罢了。

孩子从来不需要相似的人生，行万里路永远比读万卷书有趣，学那些"无用"的，孩子感兴趣的玩意儿，永远比安排来的教育，带来的美好体验更多，也能使生命得到足够的乐趣和享受。

我们如此沸腾的生活，还是非常可笑的。

鼓捣大家头破血流买学区房，报各种培训班，这不叫教育。

培养出一堆"实用主义"的孩子，长大后热衷蝇头小利，贪慕虚荣，然后继续头破血流买学区房，这也不叫教育。

人不是为了改变世界而来的，更需要的是丰富多彩的生命历程，谁说不是呢！

皮囊再美，抵不过岁月；肉身精致，未必装得下灵魂

二十岁的脸是天生的，三十岁的脸是生活雕刻的，而五十岁的脸，就是你灵魂的模样。

—

过去十几年，我不止一次地凝视人的脸。这些脸，有的美丽，有的丑陋；有的粗暴，有的温柔；有的幽怨，写满欲望，有的则是舒展从容。

有时，不等别人开口，他的一张脸，已经告诉我他是什么样的人。

通过脸判断一个人，准确率极高。现实生活中，尤其人到中年后，人的面相就越来越显现出受性格和品格影响所致的差异。

宽厚、性情柔顺的人多半面相柔和善美；性格粗暴的人总是一脸凶相；心地歹毒的人往往就长着一副刻薄相；而自私自利、狡猾、爱算计的人，相貌往往很不耐看，即使侥幸生得姣

好容貌，稍多接触也会毫无吸引力，令人反感。

我并不迷信，但接触的人越多，就越相信一句话：一个人的性格品德、精神气质，往往在容貌上一眼就见了底。

二

作家林清玄讲过一个故事。

一次，林清玄想念一位雕塑家老友，于是乘车去看望他。结果见面之后吓了一跳，发现老友面色灰暗、表情诡异、精神消沉。经过询问，老友的身体并无异样。回到家后，林清玄一直担心不已。

过了一段时间，他又跑去看望，结果这次一见，发现判若两人，老友面色红润、神态怡然、心情愉悦。

林清玄百思不解，一再追问，老友才恍然大悟。原来上次林清玄过来探访时，他刚刚做完一笔雕塑订单，是为某城隍庙雕塑鬼像，要想做得栩栩如生，必须在心里随时观想恶鬼狰狞恐怖的形象，久而久之，自己的相貌变得凶恶、丑陋、古怪；而最近自己又接了一个订单，是为一座寺庙雕塑数尊观世音菩萨塑像，于是心里时时刻刻都在观想观音菩萨慈悲安详的容貌，五官也随之变得神清气朗。

这就是所谓"相由心生"，你眼里看到什么，你心里想什么，你的脸就是什么样子。

很多时候，我们的心就是一个容器，这个容器装的是我们眼中世界的倒影，而这些倒影最终都会呈现在我们的脸上。你看到恶鬼狰狞，心里就有一座炼狱，脸上就会生出愁苦的皱纹；你看到百花盛开，心里就有一座花园，脸上自然会有快乐的纹路；你看到慈悲菩萨，心里就有一处天堂，脸上自然会呈现出安静祥和。

三

我为什么强调"相由心生"？因为你只要看的人多了，就会坚信这个世界许多浮光掠影，惊鸿一现，灵气，自然，就会呈现在我们脸上，脸就像一个盛住光的器皿，而心又成了光的源头。

早些年，我一直盯住一张脸来看，看得无比动容，你总会觉得时间很恍惚，像时针、分针停住了的一瞬。

这张脸是上海的郑念，历数她一生过往，全是伤悲之事。51岁时被打成右派，关进监狱。在狱中，她被禁食、拷打、单独监禁，手铐深深嵌进双手的肉里，磨破皮肤，脓血流淌。她每次上厕所拉西裤拉链，都勒得伤口撕肝裂肺地痛。可她的心，她却照顾得很好，令人惊讶的好。她借来扫帚和水清扫监狱，又借来针线，将破毛巾缝制成马桶垫，还给贮存水用的脸盆做盖子防灰尘。

在被拷打的时候，有人劝她放声号哭来引起恶人的善心，她却是这样想的："我实在不知道该如何才可以发出那种号哭的声音，这实在太不文明了……"这个上海女人真了不起，这个上海石库门的千金小姐，心里想的还全是美的事，体面的事，真不得了！

晚年，郑念出狱，远走美国，将一生经历，全写进了一本叫《上海生死劫》的书里。很多年后，我第一次看到她的照片，那时她已经89岁高龄，但我还是被她的美震撼、惊艳到了。

这位89岁的老人，面相依然是极好的，妆容精致，穿着修身的旗袍，眉眼间尽是从容和优雅，不生老态。尤其那双眼睛，实在罕见，幽邃晶亮，温柔有力，透过岁月尘土的夺目之美，令人难忘。

> 郑念的一生，肉身被时代裹挟、冲击、击碎。可她那颗心，却被她自己呵护得尘土未染，极致风流，干净得很。这颗心是用来思考的，用来优雅的，也是用来淡定从容的，最后，就连岁月也奈何不了她的那颗心。

每当看到郑念，我就想起木心的那句话：岁月不饶人，我亦未曾饶过岁月。

四

说到木心，其实木心也是一样"相由心生"之人。

他本是世家公子，却一生颠沛流离。年轻时，进了三次监狱。白天，被关在阴暗潮湿的防空洞，吃爬满苍蝇的酸馒头和霉咸菜，别人把他三根手指都打断了。

尽管命运如此不堪，他却把一颗心照顾得很细腻。牢狱之中，他心里装的不是无边苦难，装的却是自由无边，他在不自由的人生中，看到了自由。在污浊中，不染戾气，在泥泞中，不染污浊。在无情的岁月中有情，却在有情的岁月中流亡。夜里，他找来一张白纸，在白纸上画上黑色琴键。到了晚上，就在这无声的键盘上弹奏莫扎特和肖邦。还在烟盒上写诗，每天写1200字，写得密密麻麻、工工整整。

这不禁让我想起电影《肖申克的救赎》里，安迪被关监狱，躲在监狱长的屋里偷听音乐，他的眼睛里看着茫然无边的远方，内心却充满着音乐带来的幸福，这种幸福便是内心的自由。木心出狱时，关他的人都在想："木心一定会爬着出来，身子佝偻，衣衫褴褛，肮脏不堪。"

可出狱那天，所有人都惊呆了，他的相潇洒得很，腰板坚挺，裤子还有笔直的裤缝，皮鞋擦得能倒映出人影，干净极了，优雅极了。多年后，梁文道看到木心出狱不久的照片，他被木心脸上的干干净净，不带丝毫苦相，惊呆了："这哪里像是一个坐过牢的人。"

木心一生都在流亡，晚年才回到故乡乌镇，直到去世。前几年，我翻看木心不同时期的几张照片。他的那张脸，少年时清秀，青年时敏感，中年时儒雅，老年时斯文，黑白分明，清清爽爽。

你在这些张不同时期的脸上，也能清清楚楚感受他不同年龄段的那颗心。

他心里装的是对世界的怀疑，你就能看到他脸上的那份敏感。他心里装的是对苦难的嘲弄，你就能看到他脸上的那份坚毅。他心里装的是对过往的包容，你就能看到他脸上的黑白分明。最后，心到了，脸上的气就不散。心一乱，脸上的气就转瞬不在。

五

学者余世存，半生醉心读书，不问世俗之事，从北大中文系毕业后，一直远离世俗中心生活。无官欲，物质欲也小，半生颠簸，只醉心学问这一点事。

时代发展，对他这张脸似乎冲击不大，他50多岁，脸上还全是青年人的热忱和读书人的品质。

前几年，他回北京参加活动，碰到几个数年不见的老朋友，大家站一起聊天，余世存仔细观察他们的脸，不禁感慨，这些人的脸都类型化了。在名利场上滚了几年后，不知不觉，他们的脸上，有幽怨，有愤恨，有强烈的欲望，却唯独不见一份从容和舒展。我们今天的好多脸似乎也越来越类型化了，多的是脂粉的堆砌，轮廓的雷同，流行的脸，又多半是一张张明码标价的商品的脸，千篇一律，没有内容，没有味道，更没有灵魂。

这些年，我也会仔细观察身边的朋友，三五年不见，有些人就已经老态尽现，他们脸上写满等待和疲惫。反倒是一些读书人、文化人，他们年轻时真的不见得有多么好看，但随着时间推移，那张普通的脸呈现出了一些味道。

六

为什么会这样？我很长一段时间都在认真思考这个问题，直到前几年，无意看到《巨流河》作者齐邦媛的经历，才恍然大悟。

齐邦媛被称作"永远的齐老师"，她前半生颠沛流离，1947年之后在台湾念书教书，从未离开书本。她儿时换过7所小学，始终勤勤恳恳，手不释卷。

2003年，已经80岁的齐邦媛，离开老屋，独自住进"养生村"。载她的计程车司机问她："你儿子怎么没照顾你？"齐邦媛回答说："我才80岁呢，还有自己的生活要过。"她在"养生村"安心住下，开始闭门专心写作，6年后，巨著《巨流河》问世，轰动华人世界。

其间，作家简祯前去拜访。一见面，简祯便惊叹：这就是知识分子的模样。什么是"知识分子的模样"？其实就是"腹有诗书气自华"的优雅，是眉宇间保持的清朗洁净，更是书卷在手，对着自己的头脑和心灵招兵买马，一个人就能活成一支队伍的强大气场。

看齐先生的照片，她长得并不漂亮，但晚年的温润，却是从内到外散发出来的，这种气质，即便再高明的化妆师也化不出来。作家三毛说过：读书多了，容颜自然会改变。

很多时候，我们以为看过的书籍都成了过眼云烟，不复记忆，其实它们仍是潜在的，在气质里，在谈吐里，在胸襟里，最后全部沉淀为气质，反过来滋养我们的一张脸。

七

选取胡适不同时期的照片对比，你会惊讶，即使岁月风霜会在他身上留下印记，但无论是青年、中年还是老年，他的一张脸，永远眉清目秀，永远谦谦君子，温润如玉。我见过一张胡适与蒋介石的合影，两人坐一起交谈，胡适的文气似乎轻松抵住了蒋介石的气场。

照片里的胡适，跷腿，随意，收放自如，有学识护身的雅致，也有从容不迫的魅力。反倒是蒋介石显得拘束，双手放于膝盖，老老实实。这就是胡适的文人气质，蒋介石遇见了这样的学术气度，也只能无能为力了。

其实不只是胡适，民国文人的脸，各有各的特点，也各有各的性情，好像他们自身具备穿越岁月的能力一样。

任凭心在脸上着色，在脸上泼墨、走笔。而那张脸呢，还是有棱有角，有静谧，有飘逸，有灵气，有尊严、有自由。

鲁迅的脸，肌肉紧绷，面孔冷峻，一脸清苦、刚直、坦然，这张脸上写着的就是不买账，就是他横眉冷对的性格；

沈从文的脸，线条柔和，英俊清秀，对应了他笔下文字的诗意和自然，同样也对应了他"水样的性格"；

画家丰子恺的脸，老来须发花白，清瘦脱俗，可贵的是，脸上每道皱纹里，都透着风流自然。所以，他一生温润有趣，画的画也充满童真童趣；

…………

很多时候，我们的心就是一个容器，这个容器装的是我们眼中世界的倒影，而这些倒影终会呈现在每一张具体的脸上。皮囊再美，抵不过岁月，肉身精致，未必能装得下灵魂，人间好多事，都是稍纵即逝的，年轻时不要得意，因为青春一去不回；年老了也不要悲伤，因为岁月无情，你却可以进退有心。

所谓时代焦虑，不过是你被某些东西／一些人带偏了

不知从何时开始，整个社会都变得很焦虑。愁眉不展的多，笑口常开的少；抱怨生活的多，安贫乐道的少；彻夜难眠的多，一觉到天亮的少；热锅上的蚂蚁多，花一晚上和挚友分享一杯的少。

—

看舞台剧对不少人来说，是一种生活态度。

几百元钱一张的剧票，比电影票贵多了。但有的人，比如我，就乐此不疲。

大学期间，第一次看赖声川导演的《暗恋桃花源》，二三十人的小团队，从台湾演到大陆，年年上演，一点不过时。我当时陪着初恋看，后来又陪着别人的初恋看，好多台词都会背。廖一梅的作品《恋爱的犀牛》，排这部戏的时候廖一梅快30岁了，为了消耗体内过剩的荷尔蒙，写出了这部大牛戏，演了十几年，到现在还在演。

看着舞台上的人那股全心全意演出的认真劲儿，我觉得这几百

元的票也值了。

当焦虑抑郁时，我一般会选择喜剧，因为喜剧大多展现的是小人物啼笑皆非的生活，讲的都是我们身边的故事。台下的人明明知道台上的人错了，看着他们如脱缰的野马似的拉不回来，就忍不住笑。

曾经心事不顺，我去上海虹桥艺术中心看了开心麻花和欢乐斗地主合作的喜剧《决逗到天亮》，跟身边的陌生人一起前仰后合。

过去老的舞台剧讲社会功用，针砭时弊，讲审美，这部剧就比较新：融入了科技、说唱元素，增强观众互动，展示的全是我们这一代年轻人真实生活。

买房、创业、恋爱、焦虑、未来、理想、婚姻等，在这部剧里，全以喜剧的方式一一展现。不过《决逗到天亮》更创新的一点是，它以全场互动的形式一步步将观众带入其中。观众也可以走到台上，过一把演员瘾。演员也会走到台下，整个剧场1000多人。观众可以拿出自己的投票器，选择自己想要的结局。

看舞台剧，看的就是台上的人和现场的氛围。看着戏中地主和农民因为价值观不同而进行"决逗"，演员面对"戏精"观众时随机应变充满笑点的接台，感受着整个喜剧"乐在当下"的氛围，一切焦虑和烦恼都抛开了。

快乐确实是治疗焦虑的最好良药。

二

艺术源于生活，我也总能从剧中找到现实的影子。

我大学同学 A，A 就一代号，基本相当于卡夫卡作品里的 k，在中国属于可忽略不计的那类。可他在我们班乃至我们系，都是"流量"担当。毕业十年，一直承包我们班首富的位置，逢年过节，班级群一大半红包，是他发的，我抢的。

　　毕业后，他第一个创业，做过淘宝，开过快递公司，涉足过餐饮。印象里，除了没学许三观卖血，基本能干的都干了。前几年，转战互联网，公司从两个人（他和他老婆），慢慢变成 100 多人，事越做越大，觉越睡越少。

　　每逢见面，开口是行业模式，闭口是融资上市，我们通常都不说话，插不上嘴，只能说"吃菜吃菜"。这时他总会故作深沉，说一句大学课本没有的话："你看成年人，哪个不是千疮百孔的。"

　　不知道是哪个公众号把他教坏了，每次我都感觉特乐，跟听相声似的，我总劝他："哥们儿，别逗，千疮百孔的是煤球，不是你。别老拿大词砸我们，头受得了，词受不了，我带你去找 B。"

　　B 也是我大学同学，性格温和，再糟糕的环境，也可以自行其乐。给他一副牌，一个人就能打出全国锦标赛。给一根鱼竿，脂肪补给不是问题。如果把他扔到纽约，去了也能文化输出，训练美国大爷下象棋。

　　外面沸沸扬扬的住房焦虑，知识焦虑，搁他这儿都不算事，天塌下来，先睡着觉，再大的事，睡醒再说。处世之道，全靠两个字：不争。生活哲学，全靠两个字：乐天。

　　毕业十年，B 不是没换过工作，没遭过事。可山雨欲来，他照样能养花；卧病在床，依然嚷着要吃猪头肉喝酒。他不顺心的工作也顺心了，不圆满的爱情也圆满了，过些年，不出意外，也能儿孙满堂。

我们这些人追着生活跑，如履薄冰地算着这算着那。可在他那儿，时间按年算，自在逍遥。同样的时间，放他那里，自然延长。同样的快乐，在他那里，也可以翻倍。

我是发自内心地羡慕他。

三

如果让A和B分别代表一类人的话，毕业10年，我所遇到的B估摸着只是A的一个零头吧。

读书的孩子，怕自己考不上一所好学校，怕被同龄人甩掉，焦虑了。青年人刚走出校园，懵懵懂懂，面对高额的房价，焦虑了。中年人转眼人生被砍去一半，不知前路几何，焦虑了。

他们把生命当成一条直线，总想加速，两三步就到。但生命其实也可以是曲线，晃晃悠悠也能到达终点。

> 小楼一夜听春雨，虚窗整日看秋山。人活一世，除了为稻粱谋，为社会谋，为后代谋，劳碌一生，辛苦一生。也要为自己谋，谋一点小欢喜，谋一点小雀跃，谋一支笔能画出不同的花，谋三餐吃出三餐滋味，谋你看到眼前的树，也能看到树上的鸟。
>
> 生命有时像一把扑克牌，手里抓一把好牌，享受把牌扔到

桌面的快感，打爽为止。手里抓一把烂牌，没什么大不了，见机行动千般博弈，也能乐在其中。

生命有时又像一部舞台剧，总是充满着矛盾：《决逗到天亮》中拥有着祖传茶楼却被成功学绑架的地主和受不了社会艰辛决心投身田园生活的农民，就如在这两种价值观间挣扎徘徊的我们，纠结到底选择哪一边。

观众坐在台下，台上的演员正各自扮演人生，然而在他们扮演的人生中，看到的却是我们的人生选择。

我当时看的是农民的结局，农民找台下的观众上台，让他在一张支票上哗啦啦地写下了8个亿，然后拿着这张支票买下了整座茶馆。3年后他种菜养猪唱唱RAP，人生已经成功，就是账面负债上的8个亿上又欠了8万，平常人听着就压力山大，但茶馆还是不卖。

也许是农民明白了，生活的不足和压力随时都会有，重要的是要有能让自己快乐的能力。

《决逗到天亮》中，农民向观众借了8个亿，就如同我当时选择的其实是地主的结局，却被大众裹挟着去看了农民的。前十几分钟还有点小不开心，不过一路看一路笑，到最后结束也跟着全场一起鼓掌。

人生说到底，各种选择其实都有各自的理，但是无论如何选择，总得学会乐在当下，给快乐这件小事留点比例。

中国文化应有的样子

什么是五四精神

—

1917年1月9日，北京雪花飘飘。

蔡元培正式就职北大校长，在就职演说上：

> "大学不是贩卖毕业的机关，也不是灌输固定知识的机关，而是研究学理的机关。"

> "大学生要以研究学术为天职，不当以大学为升官发财之阶梯！"

1917年，梁漱溟23岁。他在报纸上发表过几篇论文，听说蔡先生在北大当了校长，就把自己出的书寄给蔡先生，目的只有一个，想到北大当学生。蔡元培约他到校长室，坚定地告诉他："你的水平可以来北大当老师！"梁漱溟不自信："我不行，我只有初中学历。""你不是喜好哲学吗？我自己喜好哲学，我们还有一些喜好哲学的朋友，我此番执掌北大，就想把这些朋友乃至未知中的朋友，都引来一起研究，彼此切磋。你怎可不来呢？你不是要当老师来教人，你当是来共同学习好了。"23岁的梁漱溟就这样来到北大教书，正式注册他课程的学生只有90人，几节课下来，旁听生200多人，教室坐不下，只好改到北大第二院大讲堂上课。

陈独秀，1916年住在北京正阳门一个胡同里，过得并不好，每天除了吃饭、睡懒觉，就是听戏，看上去像一点谱儿也没有的年轻人。蔡元培找到他："你来北大当文科学长！"这职位相当于现在的系主任。陈独秀回了句："不去，我的理想是回上海办《新青年》！"陈独秀一直拒绝。蔡元培就三顾茅庐。

"学历不重要，真才实学才是五四精神的通行证！"不管你是留洋学生，还是小镇青年。你有才，我们等你，你没才，那就板砖伺候。

二

仗义疏财，惜才如命。为了保护学生，老师可以以命相搏。

林语堂是清华大学的老师，1919年到美国留学。当时生活完全靠美国的"半个奖学金"，日子过得很难，胡适就说："你回国以后到北大来教书，北大每月补贴你四十美元。"林语堂夫人廖凡女士病了，动手术需要花500美元。胡适就寄去500美元。之后，林语堂去了莱比锡大学深造。生活更是无比艰难。胡适又寄去了1000美元。自始至终，胡适都说是北大为了让林语堂回国，北大给的培养费。等林语堂回国，找到北大校长蒋梦麟，万分感谢。蒋梦麟很意外，说压根儿没有这回事。林语堂这才知道，原来是胡先生为照顾自己面子，一直是以个人的名义帮助他。胡适资助过的学生有吴晗、罗尔纲、李敖、沈从文，等等，那时候读书人为了一个"义"字，仗义疏财，宁愿自己清苦，也要让有才学的年轻人去读书，不论贵贱，每个人都有实现自我价值的机会。

1917年，北大招生，胡适看了一篇作文，给了满分，希望学校能录取这位有才华的考生。他找校长蔡元培，蔡元培当场同意。可当委员们翻阅这名考生的成绩单时，却发现他的数学是零分，其他科成绩也不出众。由于蔡、胡两人的执意，学校还是破格录取了这名学生。这个学生叫罗家伦，11年后，他成为清华大学校长。所以五四时期，有一句话叫："谁当清华大学校长，谁数学考零分！"罗家伦当了校长，也开始破格招学生。他招的学生，大学问家钱锺书数学15分，历史学家吴晗数学零分。

三

遇见对手，君子作风，坦坦荡荡。思想兼容并包，学术自由。容纳异己，尊重学术，以身示范。

鲁迅和胡适政见不合，鲁迅在报纸上多次挖苦、讽刺胡适。而胡适并不生气，见到鲁迅好的文章，依然推荐。1936年，鲁迅去世，妻子许广平想出版《鲁迅全集》，胡适立马出面，担任鲁迅纪念委员会委员，为《鲁迅全集》不辞辛劳。蔡元培出版了《石头记索隐》，提出《红楼梦》是一部政治小说，胡适觉得蔡元培牵强附会，想找一本《四松堂集》，推翻蔡元培的观点。结果他到处找也找不到，某天，有人敲门送书，来者不是别人，正是蔡元培，他带着《四松堂集》就来了。鲁迅和林语堂因为立场不同，常常在报刊争论，脾气一上来，就压不住。鲁迅骂林语堂"你算什么东西"，也骂梁实秋是"丧家的资本家的乏走狗"。梁实秋气炸了，在报纸上发表了一篇《我不生气》。林语堂回复得更加直接："8月底与鲁迅对骂，此人很有趣，已成神经病。"鲁迅去世后，林语堂很难过，写了篇《鲁迅之死》悼念鲁迅：

　　　　鲁迅是战士，德国诗人海涅语人曰，我死时，棺中放一剑，勿放笔。是足以语鲁迅。

　　立场不同的朋友，双方当面大骂，当一人离开，另一位斯人泪奔。

　　　　这就是我捍卫我的立场，也捍卫你争论的权利。虽然立场不同，但是在内心里，我依然尊敬你。

四

　　不求生命之荣华，不求生命之长远。只为活出人格，活出骨气，活出血性。

　　林徽因是大才女，1937年，国家有难，她和梁思成先生一路逃难，"如果国家沦陷，我就跳长江殉国"。这就是五四精神。我温柔如水，但是我也坚强如刚。她可以和徐志摩谈灵魂，也可以和金岳霖交流学术，和梁思成讲一生的话题。当梁思成问林徽因"为什么是我"时，林徽因俏皮地回答："我会用一生来回答，你准备好了吗？"

　　这就是五四精神，我要灵魂上的自由，也要识民族大义，舍生取义。有贫困交加，但不卑微。有悲怆，但没有鄙俗。

　　陈寅恪到了西南联大，每次教课恪守学术，对得起学问和良心。

　　"有一份史料，讲一分话。""前人讲过的，我不讲；近人讲过的，我不讲；外国人讲过的，我不讲；我自己过去讲过的，也不讲！"

　　每回陈先生上《中国哲学史》，大哲学家冯友兰就从教员休息室出来，一边走，一边听陈先生讲话，直至教室门口，才鞠个大躬，然后分开。日本空袭，狂人刘文典起身就往防空洞跑，跑了一半，突然想起陈先生视力不好，怕有危险，立即冒着危险返回找陈先生。

这就是五四精神，对学问尊敬，对知识敬畏。

这就是陈寅恪说的："独立精神和自由意志是必须争的，且须以生死力争。"

用现在的话说，就是我拼了命，也要活成人样。

五

常常听人讲文化。文化是什么？是学历，还是阅历？我觉得文化是修为，是读书后知道自己浅薄。过去人没有多少文化，也没有多少人有出国留学的经历，有些甚至大字不识几个，可修为并不比大学里鄙俗不堪的教授差。五一期间，我出去走了走，路过一处小弄，窄而狭长，只能过一个人，巷子那头，有一个长者迎面走来。我身旁挑货的货郎，放下担子，在巷子这头安静地等对方缓缓通过。那一刻，我对他肃然起敬，敬畏的程度并不比对一个大学教授少。

大学应该培养人文素养高的人、道德品质好的人。不然，读了再多的书，走了再多的路，依旧是文盲！

传统中国人的样子

人间好多事呀，好就好在这个恰好还在。

—

2000年，李安的电影《卧虎藏龙》上映。

在第七十三届奥斯卡颁奖典礼上，《卧虎藏龙》获得包括最佳外语片、最佳艺术指导、最佳摄影、最佳原创配乐四大奖项，成为历史上第一部获奥斯卡奖的华语电影。

这部电影古韵悠长，让全球看到了过去中国人的样子。在李安的构思下，我们再次看到了昔日中国人身上的那种飘逸、精致、侠气和内心原则。

正是李安拍出了那个由竹林、湖水、内心节制构成的中国。

过去的中国，经历了几十年的文化断层，20世纪80年代全民知识重构，过去中国人的样子分崩离析。

十几年前，开始有人探讨：究竟什么是中国人的样子？

最后人们发现，过去中国人的样子，就像《卧虎藏龙》里的李慕白、俞秀莲：

> 温良恭俭，重道义，知廉耻，既有野蛮生长的活力，又有学养护身的雅致。
>
> 中国人自古有武侠情怀，迷的不是里头的打打杀杀，而是中国人有分寸、有神采、有气象的样子。

过去30多年里，中国文人无比迷恋西来的文化，代表人物是古希腊的苏格拉底，拉美的马尔克斯，德国的尼采，奥地利的弗洛伊德，美国的福克纳、海明威，法国的加缪、卢梭。而自汉唐至明清，自司马迁到张岱、蒲松龄、曹雪芹，他们骨子所流淌的传统，被忽略和遗忘。

在当代的文人里，典型代表的"70后"许知远。他毕业于北大，二十来岁就出了第一本书，成为作家。接下来他又开书店，做记者，给中国最有名的报纸当主笔，到四十多岁又因做节目红遍全国。

同代的读书人里，他算是最体面、最有文化修养的。无论是国内外文学经典，还是经济、政治、历史等综合领域，他都能侃侃而谈。

这些年，他写了一系列知识分子的书，《那些忧伤的年轻人》《时代的稻草人》《中国纪事》《我要成为世界的一部分》《这一代人的中国意识》等，永远以精英的视角，对这个社会保持批评和质疑。

像许知远这样，可以出书，可以做生意，可以获得赞美，获得社会地位的，在当代文人里已经算是"成功"。但在2006年，他到香港见到蔡澜，第一印象：

跟蔡先生比，我突然觉得自己像个野蛮人。

两人相见的那天，七十多岁的蔡澜，穿着一袭料子很好看的黑衣，挂着一支精美的拐杖，银白的头发梳得一丝不乱。见到许知远，微笑、寒暄、握手，处处都有着过去中国人的待人接物，有分寸感，有克制的热情。和蔡澜接触后，许知远感慨道：

我们对过去人身上那种典雅的东西，有分寸的东西，都已经被破坏得一干二净。

三

蔡澜祖籍潮汕，家学有古典国学底子。少年出国留学，后定居香港，躲过了内地文化的剧烈迭代，所以骨子里还带着传统中国人的精气神。

在他的身上，依稀能看到自明清散人李渔、袁枚、沈复一脉下来的一代老中国人贵气温婉、有骨气的样子。

这样的例子，远不止蔡澜，名单还可列很长，比如文人柏杨、张大春、白先勇，以及导演杨德昌、侯孝贤。

杨德昌祖籍广东梅县，1岁时就迁居台湾，20世纪70年代赴美留学，回台湾后把身家性命都搭到了电影里。他一辈子不知道如何说软话、说假话，哪怕是对朋友也如此。

他有两块黑板，一块挂在房间，用来梳理电影结构。一块挂在心里，给身边人的行为举止打分：长脸的事加一分，丢脸的事扣一分。谁的分扣完了，就和谁绝交，绝不啰唆。

侯孝贤也是梅县人，毕业后当计算机推销员，最后师从台湾导演李行搞电影，也是著名的刚烈脾气，眼里揉不进沙子。

一次他拍完戏，深夜坐出租车回家。结果在车上和跟他年纪相仿的司机聊起政治，两个人话不投机，激烈争辩，最后居然把车停在路边厮打起来。然后，两人整了整衣服上车，继续往前开。

20世纪90年代的台湾，形成一种奇特的性格，精英意识、怀旧，特别严肃、认真、纯粹。

现在，这样老一代中国人的骨气，隔几代就荡然无存了。

放眼望去，今天所有的文娱圈子，都从复杂变得简单，简单到只剩下名和利。整个社会也充满了精致的利己主义者，老师失去骨气，学生学会见风使舵，从商业领袖到各式文人，从政府官员到贩夫走卒，人们盲目追着欲望，而社会傲慢情绪无处不在。

四

20世纪60年代，金庸自办《明报》，连载《神雕侠侣》《倚天屠龙记》等，大获成功。火到什么程度？小说紧要关头，国外报馆为抢先刊登，直接用地下电台拍电报传内容。

金庸出身浙江名门，祖上是进士、翰林，家学渊博，所以哪怕经商，骨子里流淌的也是过去的文人气。

他这么一个报业大佬，绝不当面训人，言谈点到为止，绝不赘述。甚至一直以字条治报，凡事都写字条给下属。有一次，一个员工在报纸上用了"若果"二字。第二天，他收到金庸传来的字条：本报不要用"若果"，这是广东方言，不是正统的普通中文。

寥寥二十几字，就事论事，言简意赅，点到为止。

台湾的林清玄，在全职写作前，曾在报社当记者。那时他追热点，写一个小偷的事件。文章末尾，他感慨道：

像心思如此细密，手法如此灵巧的小偷，做任何一件事情都会有成就的吧！

写完也没多想，直到很多年以后，林清玄去一家羊肉馆吃饭，老板拿出一张20年前的旧报纸，指着林清玄的文章说："你还记得我吗？我就是那个小偷，是你的这段话引导我走上正路。"

这些，都是过去中国人的样子。商人有商人的风度，文人有文人的悲悯心，就连小偷也有小偷的羞耻感。士农工商，贩夫走卒，三教九流，各有各的道，各有各的样。

从前的中国人，喜欢称自己是"江湖儿女"。只因这四个字里，有过去中国人有情有义的样子。

80年代人的生猛，是现在年轻人不曾有过的叛逆

一

崔健身披开襟大褂，裤脚一高一低，背着一把吉他，直愣愣登上舞台。台下观众还不明白发生了什么。音乐响起，他扯开嗓子，轰出歌词：

我曾经问个不休，你何时跟我走。可你却总是笑我，一无所有！

台下一阵静默，所有观众都傻掉了。因为从没有人这么唱歌，也没有人听过这样的歌。这首歌叫《一无所有》，第一次唱出了"我"这个概念。

官方代表愤然离席，朝演唱会负责人训斥：你看看，像什么样子？怎么连这些牛鬼蛇神也上台了！

7分钟后，崔健的歌曲结束。台下顿时炸开，掀起雷霆般的掌声与吼声，观众情绪像山洪一般爆发。

制作人梁和平说：崔健唱出了"我"，唱出了一代人的觉醒与叛逆。

那是1986年，25岁的崔健，在北京工人体育馆，成为一个时代的精神象征。随后，唐朝、黑豹、窦唯、张楚、丁武，络绎登场，掀起摇滚潮流。

很快，《一无所有》传到美国，乐评人金兆钧将歌转录成磁带，放给朋友听。磁带音质太毛，听不清歌词。金兆钧把歌词抄下，朋友读几行后，突然泣不成声。

1988年，"新时期十年金曲回顾"演唱会，崔健伫立追光灯下，双眼蒙上一块红布，用浑厚嗓音唱出新歌《一块红布》：

那天是你用一块红布，蒙住我双眼也蒙住了天。

曲终，崔健摘下红布，狠狠扔在地上，转身而去。后来王朔说：

第一次听到，都快哭了，写得太他妈透了！

翌年，崔健首张专辑《新长征路上的摇滚》发行，其中一共唱了150多个"我"。专辑仅在四川就订出40万盘，同名演唱会门票一抢而空。演唱会中场休息期间，一位老派笑星轻蔑笑道："这不就是一群小流氓吗?"

崔健听到,拿起话筒,面对现场两千位观众说:"刚才有人说我们是一群小流氓。如果这个人不感到可耻,那我们觉得非常光荣!"

全场欢声雷动。

不久后,崔健巡演到西安。一个叫闫凯艳的女大学生,看完演唱会,深受鼓舞,回去毅然退学,放弃当会计,考上艺术学院。后来,她改名闫妮,在电视剧《武林外传》中演了一个爱说"我滴个神"的女掌柜,叫佟湘玉。

这么多年了,我们依然喜欢这样的艺人,舞马长枪,果决勇敢。

二

80年代是兴奋和骚动的十年。

1984年的秋天,《星星》诗刊在成都举办"星星诗歌节",邀请了北岛、顾城、叶文福等著名诗人。诗歌节还没开始,两千张票一抢而光。开幕那天,有工人纠察队维持秩序。没票的照样破窗而入,秩序大乱。

那时候的著名诗人,相当于时代巨星,走到哪儿都是万人拥簇。北岛、顾城一上台,听众冲上舞台,要求签名,钢笔戳在诗人身上,生疼。

北岛怕被戳死，架开胳膊肘，杀出一条"血路"，拉着顾城夫妇躲进更衣室。关灯，缩在桌子下。脚步咚咚，人们冲来涌去。有人推门问："北岛，顾城他们呢？"

北岛一指后门，说：从那儿溜了。

那场活动，最后观众把所有的出口都堵死。北岛和顾城他们，只能从厕所的窗户跳出来。后来，还是有个小伙子缠住了北岛，是个大连人，辞掉工作流浪，目光纠葛、狂乱。他一连跟北岛好几天，倾诉内心痛苦。北岛说："我理解，但能不能让我一个人歇会儿？"

这小伙子二话没说，拔出小刀，戳得手心溅血，转身就走。

那时候的青年，无论男女，尽皆生猛。

在北京大学，3000多个座位的礼堂，每次开诗歌朗诵会，都坐得满满当当。诗人海子、西川、骆一禾，被称为"北大三剑客"，每次出场，门里门外挤得密不通风。所以人的脸，都因为缺氧红得像猴屁股。诗人边朗诵，边把诗稿往台下撒。万众瞩目的校花，就为抢一页诗稿差点走光。

1986年，《深圳青年报》和《诗歌报》两大报纸联合，举办全国诗歌大展。

此时，全国诗社2000多家，诗歌流派88个，数万诗人发出响应。每一位诗人都想开宗立派。知识分子的思想自由和人格独立，如潮水蔓延，趋于白热化。

也就是这一年，诗人海子先后远走甘肃、青海、西藏和内蒙古西部的群山大漠。三年后，一个春暖花开的日子，他在山海关卧轨自杀，年仅25岁。

人们在他的背包里，发现了一本康拉德的小说。小说讲的是：摆脱社会束缚，追求自由的冒险生活。

三

20世纪80年代的文学思潮是，诗歌盛极一时，小说也盛极一时。

1981年，《中国青年报》发行量500万份。26岁的马未都，就因为在上头发表了小说《今夜月儿圆》，平地一声雷，从小学四年级辍学的小青年，逆袭成全国最知名的大作家。

一炮而红后，马未都打开家门，邮局拉来整卡车的读者来信。《青年文学》发话，你来杂志社当编辑吧，工资60元钱。这待遇，相当于今天底层码农，瞬间晋升阿里P8。

1986年，有天同事告诉马未都，有个叫王朔的小孩儿想见他。

那年王朔还是个愣头青，羞涩腼腆，说话脸红，把自己写的《橡皮人》递给马未都。马未都翻开，开头第一句写的是：

一切都是从我第一次遗精开始的。

　　马未都眼前一亮，翻了几页，发现特好。给主编，主编特不喜欢这句开头，红笔一杠，删掉。后来杂志到印刷厂付印，马未都顶着被开除的风险，把这句话加上。

　　《橡皮人》发表后，王朔红遍全国。那时候出书，作家只拿固定稿费，卖多少和作家没关系。到王朔这儿，没门。出版《王朔文集》时，他要求实行版税付酬制，按印数拿钱，按码洋的10%走。

　　结果这套改革成功，从这之后，版税制沿袭下来，王朔帮所有中国作家涨了钱。

　　那时候的杂志社慧眼识珠，不仅发掘王朔，还淘出莫言、余华、苏童、刘震云等大批好作家。

　　莫言曾是山东高密的一个农民，小学五年级辍学，放牛十年。唯一的正式工作，是给弹棉花工人打下手。20世纪80年代初，他开始写作，坐在灶口，一边用拨火棍通灶，一边在膝盖上写小说。谁也没想到，这个放牛娃，日后却拿下了诺贝尔文学奖。

　　余华之前是一名牙医，在南方海盐小镇，撑一把油布雨伞，将钳子、锤子在桌上一字排开，每天握钳拔牙八小时。这样干了五年，观看了上万张病人的嘴巴，他认为那是最没有风景的地方，于是开始动笔写小说。

1983年11月，余华接到长途电话，一家文学杂志请他去北京修改小说。他欣然前往，回来后，县里官员登门拜访，说："你是一个人才，不能再拔牙了，明天去文化馆报到吧。"

这就是20世纪80年代，不用承受那么多"必须"，勇气与出格，会得到鼓励和赞赏。

向上的通道，对所有人打开。底层也可以逆袭，放牛娃也有春天，牙医也能成为大师。理想和才华，是所有年轻人的登云梯。

四

读库老六曾说：20世纪80年代，是理想主义的黄金时代。

那时候，西方电影《教父》《罗马假日》等引进国内，勾起一代人的电影梦。

1983年5月，广西电影制片厂召开大会，破格批准以张艺谋、张军钊、肖风、何群四人为主体，成立全国第一个"青年摄制组"，投产《一个和八个》。四人剃了光头，风风火火赶往拍摄地，被警察误认为是流氓团伙给抓了。

电影担任摄影的是张艺谋，此前在纺织厂当搬运工，为能买一台"海鸥"相机，卖了好几次血。

《一个和八个》拍摄完成，张艺谋正式出道。不久后，广影看中剧本《黄土地》，摄影敲定张艺谋。导演没有合适人选，张艺谋强烈推荐同学陈凯歌。

陈凯歌人是来了，可出了新问题，《黄土地》因题材敏感，面临天折。陈凯歌为了片子能继续拍，跑到领导面前，掏心掏肺求了一通，听哭了一屋子的人。最后换来一辆面包车，35万元经费。

这年，《黄土地》在冬天开拍，零下20℃的北风中，张艺谋干起活来不吃不睡、不洗不漱，穿一双绿胶鞋，袜子都没有，在山路上跑了两个月。

《黄土地》拍完，张艺谋脱下已经踩得破烂的胶鞋，摆在路中间，对鞋说：

你跟我不容易，现在电影拍完了，你就留这儿吧。

1987年春天，导演吴天明拍摄《老井》，问张艺谋敢不敢演男一号。从没学过表演的张艺谋，喉咙紧了紧，说：

你不怕砸，我就敢试。

拍摄时，张艺谋连续工作十几小时，没有白天黑夜之分，把自己手表调快半小时，让自己更紧迫。为了在外形上更像农民，穿上大腰裤，挑水、背石板、打猪食槽，每天光着膀子晒太阳，往脸上搓沙子，将皮肤弄粗糙。

为了演好角色濒死的感觉，张艺谋连着三天不吃不喝。结果拍完，突然昏倒，被抬进医院。

后来，吴天明提拔张艺谋为导演，投资他拍电影《红高粱》。几乎所有人都在反对，吴天明就反问：一个肯为理想拿命拼的人，还有什么不放心？

1988年，张艺谋的另一位同学田壮壮，开拍《特别手术室》。这是中国首部以未婚先孕为题材的影片，在当时话题敏感，极有可能被禁。所有人都劝田壮壮放弃，田壮壮说：宁拍禁片，不拍烂片。

后来，这部电影果然被禁了17年。

那一代人，从诞生之日起，就与理想主义结下不解之缘。我们从今天回望那个时代，那些回忆好像远了，又好像就在眼前。今天中国正经历一切，却正是那里而来。

五

学者陈平原，曾用12个字，概括整个80年代：泥沙俱下，众声喧哗，生气淋漓。

那年头，最偏远的小城路边书摊，摆的是萨特的《存在与虚无》。那年头，学生可以在深夜踹开老师的门，就因为看了一本书激动得失眠。那年头，一个文弱寒酸的男老师，可以靠跋山涉水采集民歌，赢得广泛尊重，让校花下嫁给他。

胡同口，四个大学生，三更流浪天，也能聊叔本华和弗洛伊德。激昂忘我，待到分手，天已大亮。

> 那年头，大家都一样，不谈钱、权，只看谁活得更潇洒，谁更有姿态。

那时候的知识分子更是谁都不在意，富有胆气和勇敢，敏锐锋利、口诛笔伐。

某次大会，有一位代表举手否决，偌大的会场，愣是有一个手臂孤零零地举着，孤标而倔强。

还有某次大会，一位女记者给邓小平递了张字条，写道：今天是世界戒烟日，请不要抽烟。

某次工作会，与会官员纷纷睡觉，一位摄影师无法取景，将众人睡态拍下，标题取道："工作会竟成了睡觉会。"

那年头，年轻人轰轰烈烈，天雷地火地恋爱。青春像一场大雨，暴雨如注，没有人准备雨具，也没有人准备蓄水池。

全班男生可以为了给穿波希米亚长裙的女老师，买一副隐形眼镜，就去组织俱乐部卖酸奶。女生可以把一个月的饭票分成两半，一人一半，分给最崇拜的流浪歌手。

清华有一个东操场，校园歌手常聚。每周五，有北师大、北外、中戏，数十个来自北京各学校学生，前来茬琴，输的当场把自己手里的吉他，砸得稀烂。

北大有一个东草坪，夏天常有十几拨人，弹琴唱歌，谁能把女同学争取来得多，谁就最牛。较起劲来，整整唱一宿，上百首歌，看谁最后唱鳖。

1988年，高晓松大学时成立乐队，取名青铜器。没有经费，乐器超烂。吉他手戴涛在北邮的女友，就发动宿舍全体女生，捐助400元钱，给他们买了套拿得出手的大音响。

后来高晓松说：那时候的男女，剽悍勇敢、简单温暖。今天的年轻人做不到了。

20世纪80年代有个好处，大家都不喜欢掉入窠臼的规则，都以这种规则为耻。

作家格非曾在华东师大当讲师，站台上说：喜欢分数的同学，可以告诉我一声。

有憨厚的同学站起来问：老师，写作文，到底怎么评分的？

格非说：评分啊，那也容易，我们把试卷往前面一扔，跑在最前面的试卷100分，以此类推。

学生当场脸就红了。20世纪80年代末，高晓松被人问：你以后打算去大公司做吗？

高晓松反问：我看起来，气质很庸俗吗？第二年，他从清华退学。

六

现在人都不会这样了，和20世纪80年代相比，我们这个年代越来越无趣了，越来越物质主义，也越来越功利主义，富有勇气的人少了，而现实的人多了。叛逆的人少了，奉承的人多了。鼓掌的人多了，反思为什么鼓掌的人少了。

前两年，崔健被邀请参加一个颁奖盛典的商业晚会，在晚会的压轴表演上，他为了调动气氛，跳起来说：坐着听摇滚多累啊，大家站起来吧！

结果台下一片冷淡，没有一个人响应。

崔健尴尬地笑了下，只好继续唱歌。

没落的不只是摇滚，还有诗歌。如今诗歌俱乐部还没有高尔夫俱乐部多，连各城市的车友会、红酒会、自行车会都比诗会多，诗人也彻底边缘化了，写诗能不被别人认为傻，就不错了。

诗人西川说，到了2010年以后你要再写诗，人家就会觉得你简直有病。

在纪录片《东京旋律》中，日本音乐家坂本龙一说道：现在年轻人不再叛逆了，真的好悲哀呀。

我们现在的年轻人也是一点都不叛逆，他们的生活充满疲惫，疲惫吞噬了他们的叛逆。任何有叛逆的想法，都会被质疑、被嘲弄，只是一句"你有钱吗"，所有的理想就会被消解。

"你有房吗？"更是终极一问，相当于当众爆头。天大的理想，也没有一套房实在。

当代的年轻人特别喜欢自嘲，丧丧的，他们越来越乖，越来越听话，越来越聪明，只是越来越不像年轻人了。

曾和崔健齐名、同样是象征叛逆精神的"流行音乐教父"罗大佑，整个八九十年代，都是拿起麦克风，就能加快一代人的心跳的知识分子音乐人。而在2018年的巡回演唱会，600元一张的票价，折到200元，依旧卖不出去。筹划两年，亏损百万元。开场半个小时，只有不到10%的人到场。

罗大佑看着空空荡荡的现场，对观众尴尬地笑道："你们从来没有那么宽敞舒服过吧！"

而2020年跨年那天，一年一度的罗振宇跨年演讲比赛，两千元左右的一张门票，几分钟内被一抢而空。上海东方体育中心外，因为这场演讲，一度被挤得水泄不通。12000人的座位，全部坐满，罗先生单项票价收入将近两千万元。

我们终于发现，精神、理想、自由、独立、小说、诗歌、文学、艺术，都抵不过一张抄来的、毫无创意、满是商业术语的PPT。

20世纪80年代，年轻人没钱，但碰到达官显贵，也敢说，有钱有什么了不起!

满世界的聪明人，可我只想和简单温暖的"笨人"玩

一

过年这事嘛，本来就像宋丹丹说的锣鼓喧天，鞭炮齐鸣。结果正月初八参加了一个校友联谊会，郁闷了。

事情经过是这样的。我在江苏一所大学毕业，校友毕业后，都到上海发展，十几年过去，都成了中产阶级。几位老学长提议办校友会，旨在联络校友感情，帮助刚出道的学弟学妹。

发心是好的！

联络感情，互帮互助，天大的好事。就算在清朝，湖南学子进京参加科举，兜里没饭票了，也可以住进曾国藩办的湖南会馆蹭两顿饭，睡几晚觉。这叫同乡互相怜爱，师弟初出江湖，师兄扶上马，送一程。

初八的校友联谊会，我换了套衣服，撒了泡尿也参加了。作为毕业快十年的老人儿，没有给我校增加光彩，出发时，我深感不安。

打开手机，打开校友联谊群，我更不安了。

不知道哪位鲁莽的仁兄，在微信群问会议主办者：

"聚会的酒店，能停车吗？"

会议主办者回复："建议地铁出行。"

估计跟我一样，没给母校增添光彩吧。

又过了一会儿，一位给母校增添光彩的学长问："如何停车？"

会议主办者回复："地下有停车场。"

做人的区别咋这么大。不是说好了，不分贵贱，旨在交流嘛。不是说好了，同窗如手足，相亲相爱嘛。这搞得咋还不如淘宝电商，最起码人家还说句"亲"。

二

到了饭桌上。

我就更不安了，学校的各个书记、院长也来了。和同学敬酒时，一口一句："王总、李总、马总。"

反正个个都是"总"，以前不是说好了吗？不管混得再牛，永远都是学生嘛。学生还没咋变，老师咋先变卦了呢？

算了，像我这种没给学校增添光彩的老校友，还是别给学校添堵了。吃完饭，往回走，作为一个老人儿，确实不太适合参加广场舞聚会。

三

我毕业那会儿，还是个新人。

发型是新的，爱情是新的。我横冲直撞，穿州过府，绿皮火车开到哪儿，老子就去哪儿找工作。反正面试官不是我亲爹，他们都不要我。

那时候，很羡慕清朝学生还有一个湖南会馆，打两天地铺也行嘛。我经常一起打篮球的学长，打电话给我：

"要打地铺来江西，地铺有的是！"

除了地铺以外，还跟我讲面包有的是，美女也有的是。我这个人有全部人类的通病，就是抵挡不住诱惑。

去了！

美女倒是没遇到，遇到一大妈。那哥们儿带我来到一小区。坐下，厨房出来一大妈，满嘴大黄牙，操着蓝翔技校口音，劈头盖脸就开始讲国家经济形势，讲中央扶持机密项目，必须我这样的人才能胜任。

机密项目，修三峡？建卫星基地？打美帝吗？老子被学长带进传销了。

我推开门一个博尔特加速就跑了。

我很庆幸，我是钻进了"南派传销"，没让我断胳膊、断腿就不错了。不然，多遗憾，大家都没机会再看我写文章了。我总不能用口述，请别人帮我打字吧。

可心里难过呀，过去好到不行的铁哥们儿，竟然拉我进传销。

这江湖走得，过去有千里奔丧，现在只有千里传销了。

江湖水太深，人世也太凉薄，还是你们先走，我歇会儿。

四

其实我们过去的时代，不是这样的。

过去有肝胆相照的朋友，有义薄云天的志士，有赴汤蹈火的爱情，有胸怀坦荡的君子，有敢作敢为的家伙。

在宋朝，宋元丰二年，乌台案发，苏轼受牵连。先贬黄州，生活过得是苦闷无比。老苏爱叹气，常深夜爬起来，先叹沙洲冷，然后叹离人泪。

得知被贬，苏东坡的朋友道潜不远千里，从开封跑到黄州，一住就是五年。后苏东坡被贬海南，道潜更是肝胆相照，驾一叶扁舟，渡海相随。

这样的朋友真牛，你听上去像传奇，却多情得让人落泪。如果人生有这样的朋友，我愿意减肥30斤。

五

在清朝，我们的人际关系也不是这样的。

顺治十四年，因为科场案，众多文人被流放黑龙江宁古塔。宁古塔天寒地冻，多半去了就回不来了。

流放的人中，有一个人叫吴兆骞。

他给好友顾贞观写信，信中说：

> 塞外苦寒，四时冰雪，鸣镝呼风，哀笳带血，一身飘寄，双鬓渐星。

怕是自己活不下去了。

清顺治十五年（1658），接到吴兆骞的信，顾贞观发誓此生必救吴兆骞，于是开始四处奔走。所到之处，皆是冷眼，别人都当他是一个问题来客。

直到康熙十五年（1676），顾贞观拿着自己写的《金缕曲》在京城见到纳兰性德，扑通就跪下了。好一个君子一跪，纳兰性德打开《金缕曲》第一句，便落泪了。

第一句便是：

> "季子平安否……"

纳兰性德当即答应十年内救出吴兆骞，可顾贞观硬是长跪不起，落泪于前。

> "人寿几何？请以五年为期。"

纳兰性德又答应5年救出。

康熙二十年（1681），不多不少，正好5年，纳兰性德救出了吴兆骞。

为救朋友，顾贞观这一奔走，用了整整23年，有情有义。

假若人生有顾贞观这样长情的朋友，死也值了。

六

人没多复杂。

无非就是一棵树摇着一棵树，一朵云推着另一朵云，一个灵魂唤醒另一个灵魂。每个人都是，我来这里，是为了和一个举着灯，在我身上看到自己的人相逢。

人与人之间真正的交往，说来说去最美好的还是至简至真，坦荡的真诚远比虚伪的聪明更重要，有情有义也远比世态凉薄更暖人。

在过去，身边的朋友不是这样的。有"不辞山路远，踏雪也相送"的深情厚谊，有"古路无行客，寒山独见君"的碧海云天，就连陌生人之间，也还有一句"相逢一醉是前缘"。

而如今，由网络拉近的"face to face"距离，远跟不上现代人"heart to heart"消逝的速度。

十年不联系，联系就借钱，千里送行的朋友少了，千里讨债、万里传销的人多了。

疫情之下，我最感动的是民间互助

疫情看多了，今天想聊聊中国。

中国自古是一个由苦难构筑的国家，100年之间，社会多变荡，价值观多重塑。十年一代人，代代大不同。苦难塑造了中国人的性格，乐观、豁达、强大的忍耐性，同样也构筑了中国人的疼痛与麻木。

中国人的性格，由儒、释、道三家构成，这三种文化塑造了中国人性格里的内敛、谦和、温润，困难时垮不掉，得意时不张狂，想必最能够代表中国人气质。但这些年，这些气质在某些人内心是消失的。

内敛消失，滋生了许多傲慢。

这种傲慢是无处不在的，几乎充斥着我们生活的每个犄角旮旯。一个好的社会，应该不是只按照财富这个单一标准来衡量，而应该是多元的评价体系。一个略显贫穷寒酸的乡村教师，也应该拥有和一个著名企业家一样的社会尊重和社会地位。但这些年，社会风气不是这样的，即便在每年的颁奖仪式上，装装样子是这样。但生活里，企业家和乡村教师却是相差甚远。一个乡村教师可能会因为贫寒被人讥笑，而一个企业家却会因为财富拥有众多拥趸。

如若不是疫情到来，想必一些赴死医生、死士不会获得今日如此崇高的尊敬。但我悲伤的却是社会评价体系不会因为一次灾难而发生质的改变。

在传统中国，上层讲儒家，底层讲江湖。因为社会讲儒，所以便有了乡绅。所谓江湖，也不过就是帮忙。乡绅代表着互帮互助的中国底层社会，江湖代表的也是互帮互助的底层社会。传统中国，讲究仁义，江浙一带，乡绅常聚在一起商讨乡里大事、小事，聚少成多帮助他人，这个历史可考。

我小时候，生活在农村，尚能看到乡村社会的体面。以乞丐为例，但有乞丐上门讨饭，会打一快板，或在门上画上毛笔小画，来换取两个馒头。出门讨饭，是遇了灾年，不得已、没办法、要养儿养女，主人也不会鄙夷，更不会像现在的社会，老人倒地，也无人敢扶。我曾见过一同乡老人，晚年零落、讨饭至门，不肯抬头、不肯伸手、亦不肯进门，因为有羞耻之心，怕丢了主人脸。而主人见此，都会邀进屋内，分些吃食，不是赏饭，是帮助，"赏饭"和"帮助"，两个词有大不同。

再后来，社会就完全不同了。

乞讨变成一种天经地义，甚至变成职业化，城市地铁口一坐，寺院门前一坐，假肢一戴，更有年轻女士在车站找陌生路人"借钱"，还有让儿女逢人就跪，生下来，就让孩子变成"跪族"了。

羞耻感全没了。

当下乡村早已凋敝，十年前回过故乡，农村社会秩序早已丢失，乡儒更是不复存在，连气息都不在了。倒是乡霸、村霸遮天，百姓亦是张口闭口都是拆房、卖地、谁人发财、谁人暴富。从那以后，我不再回乡，也深知中国乡村生活凋敝，这是举国问题，"故乡"作为一个遥远的词，也非我们想回就能回了。

疫情以来，我最感动的，还是看到这个民间的江湖不曾丢失，还有一个社会的集体互助，有钱出钱、有力出力的慷慨，以及对他人命运的悲悯感受。甚至在网络上，我们也看到，千万人传递真相的勇气，用接力这种形式进行无声对抗。这都是民间的互助力量，这种民间的互助力量，我在汶川地震时，曾经见过，在玉树地震的时候，也见过，这次疫情，依然是随处可见。很多家庭、个人为社会贡献了全部，令人感动。

我想中华民族能够立于不败，是来自民间社会的互助，来自这民间社会的大仁大义。

每一次灾难来临，这个民间互助型社会都不曾消失，这是我们民族根基。这样的根基，让我们民族一次穿越灾难，幸存至今。

　　作为一个普通人，该怎么做？不少人在疫情中，都会有这样的思考。我想一个人要敢于将历史上的任何人类走过的路，都当作自己生命的一部分，去感受，这依然是一句伟大的生命启示。这需要一些勇气，也需要一定良心和智慧。简单来说，感受不是对他人正在经历的苦难给予廉价的悲悯，不将他人正在经历的死亡变成一锅鲜活的生命鸡汤售卖，不对自己的幸存抱有侥幸的心态，时时刻刻惦记那些苦难者的命运，并能使自己保有长久的敏感和温存。并在每一次灾难之中，依然能够毫不犹豫选择正义，而不是愚蠢的抒情、愚蠢的叫好，愚蠢的视而不见。

　　这都需要良心！

　　我向来厌恶躲在暗处为他人勇气鼓掌的人，我始终对这部分人的真诚保有怀疑。甚至猜测在一定程度上，这部分人存在狡猾和见风使舵的成分。因为躲在暗处，始终都是最安全的，可以根据时势，可以任意选择给予别人掌声或者嘲弄。

　　我最担心的是，倘若这种狡猾变成了民族气质，那将是一国的狡猾，这将是一国的灾难，这样的灾难，我想一定会比天灾人祸来得凶猛，并破坏力巨大。

在疫情中，除了对那些亡故的人生命感到悲伤。我还有一点很悲伤，我们这么多年的教育，培育出的真正意义上的精英还是太少了。而只是培育出了考试型人才，培育出了许多大企业、大银行合格的螺丝钉，却未曾培育出智识超群的智者。

我们的时代，变成了一个彻头彻尾的聪明人时代，却唯独缺少保有民族忧患的智者。

生活里，我也常遇到一些拥有财富的人，就是我们这个时代讲述的"成功人士"，我也常讲，我们这个时代是商业时代，你们是这个时代的时代英雄，是让更多人崇拜的人，你们应该做到仁义，也有理由保有精英思考。年轻人以你们为榜样，如若你们偷奸耍滑、鸡鸣狗盗。走捷径，去欺骗，那年轻人就会争相效仿。年轻人倘若堕落，那社会必定堕落。

我还有一点非常悲伤的是，在好多地方看到不少民众用最恶的态度对他人的勇敢进行诋毁。这反倒让许多勇敢的人备感伤心和委屈。我们社会应该有一个公正，这个公正不只是来源于司法公正，还应该来源于民间言语的公正、人心的公正。灾难考验的不只是政府的应变能力，还考验你我的人心，如若人心丢失，想必社会也会黑暗无边。

我常和一些身边的朋友讲，当你们在一致赞美的时候，也应该在厅堂之上，给批评家留一把椅子，只有这一把椅子存在，那这个厅堂才有一些体面，因为有灼见的批评家和看似糊涂的赞美者，都是为了民族更好，他们只是路径不同，在目的上，却是殊途同归。

我还想说的一点就是，正直的生活未必会更好，但不正直的生活一定会越来越沉重。每次灾难之中，这灾难都不是他人的命运，而是我们共同拥有的。对于更多人来说，在一次灾难需要完成的，还有自我的价值完善。每个人一生都要经历自我完善的必经之路，人生说到底，就是一次次彻彻底底的自我清算，将暴露出来的愚蠢、无知、浅薄、傲慢、麻木，统统清算干净。清算或许有一些痛苦，相当于刮骨疗伤、相当于一次不小的开颅手术，但只要一刀子、一刀子割下去，我们终会剔除这些灾难，走向内心至善的文明人。

我从来不会嘲笑那些因为智识，看上去有一点愚蠢的人。我反倒觉得应该包容，因为在命运面前，难道我们不都是可怜之人吗？我也不会用你们、我们来将人群划为两个阵营。你们、我们加在一起，难道不都是中国吗？

我更加关心我们每个人，是否真正愿意对自己来一次智识上的升级与清算，给自己迟钝的人性动动手术。如若愿意，欢迎步入文明人的大门，那现在，你可以尽情畅饮啤酒了。

最后，我还想聊一下乐观。这个乐观，更多时候，是对中国文化的乐观。人类在上升过程中，短暂时期内，会摇摆、会停顿甚至会倒退。但长远来看，不会这样，历史会给予公正。

我想多半原因，都是骨子里的文化在岁月里持续发酵，文化的作用力最缓慢，但也最绵长，最具延续性。

我赞同钱穆先生在《国史大纲》中提出的观点，就是对本国以往历史之温情与敬意。钱穆先生在抗日战争中，在国家危亡之时，作为一介读书人，还能枯坐书桌，对历史、对文化抱有温和与敬意，这样的爱，是大爱，是读书人对一个民族的大爱。

对于我们每个人来说，我想还是应该把中国文化里的谦卑、自信、温良、饱满，这些优良的文化气质装载到自己血液之中。只有这样，自己才能立于不败，民族也才能立于不败。